El pájaro: pincel y tinta china

Ena Lucía Portela

El pájaro: pincel y tinta china

Primera edición, 1999 (La Habana: Unión)

© Ena Lucía Portela, 2016
© Fotografía de cubierta: Elisa Gallego Rooseboom, 2016
© Bokeh, 2016

Leiden, NEDERLAND
www.bokehpress.com

ISBN 978-94-91515-51-4

Al sonido del gong, los pájaros descien-
den de su nido; bajo los pasos errabundos,
susurran las hojas muertas.

Wang Ma-k'i

Intentaba recuperar el dominio de sus nervios. Contempló las raíces que emergían de la tierra, el tronco vigoroso, las ramas, el cielo rojo entre las ramas. Eso, verticalidad. Erguirse de nuevo. Quería jugar con cierta ironía, como había hecho hasta entonces, sin dejarse involucrar del todo en la inconcebible fabulación urdida por ese loco de rostro renacentista. Debía ser inteligente. Pero se sentía agotado, en el justo límite de la zona de peligro.

I.

Ese loco de rostro renacentista

Perder el tiempo…

Los dedos, a través de los cuales se escurría ya sin horas ni minutos el continuo, agua y arena, podían tocar el transcurrir mismo en su pureza, en su grado cero. Hundirse en él, untarlo en el cuello.

Entonces todo era recorrer la casa, del escritorio al cigarro a la cocina al espejo del baño, a la ida y a la vuelta el pájaro enjaulado, no pincel, no tinta china. Primero en busca del milagro: un espacio libre de la corrosión, del poder desintegrador. Luego nada.

Fabián lamentaba perder el tiempo. Como si antes hubiese sido suyo, como si pudiera ser suyo. ¡Ah relojes! Se sentía culpable. Lo pensaba –al continuo, nada menos– animalejo acariciable y vivo entre las pezuñas de un estúpido sombrerero (él) y eso, en verdad, no lo ayudaba. La culpa crecía, engordaba tanto como puede engordar la culpa de un estúpido, y era ya tan enorme que se comía a las demás culpas, pobrecitas.

Una parte de él –*guilty*, más que *guilty*– hubiera deseado vivir de otra manera. ¡Y cuánto! En principio poseer algo, si no el continuo, quizás un algo más modesto, en cuya posesión pudiera creer sin la sospecha de una nueva estafa, un nuevo descalabro en este mundo tenebroso signado, me han dicho, por la pérdida, por un oír las voces y no ver las caras, por un recurrente vestirse de prestado. Nada de eso. Hubiera deseado poseer limpiamente.

Ignoraba por qué se le derramaba aquella sopa fría sobre la cabeza, dónde se había equivocado. Porque el peso del Error parecía innegable…

Apenas lograba, sin embargo, recordar una época distinta, con olores y sabores menos lacerantes: la Edad de Oro, el paraíso (perdido), la *belle époque*, nuestros años felices, alguna otra ucronía a contrapelo. El desgaste de la memoria hacía que la falta que lo abrumaba se perdiera allá lejos, en un pasado muy remoto. Y lo muy remoto tiende a confundirse con lo infinito. Su malestar se tornaba más inasible: al proyectarse en una infinitud se convertía en el malestar de todos los hombres. Se trataba, al parecer, de una vulgar angustia metafísica.

En ciertas ocasiones, islas en un piélago de fango, no le parecía que sus cosas anduviesen tan mal. De naturaleza grandilocuente y por añadidura en los tonos de Séneca o Racine, se vigilaba lo más posible para burlarse de sí mismo a manera de conjuro, de ceremonial apotropaico.

Sobre el escritorio, tierra consagrada para los fieles de un sueño intranquilo, habitaban sus juegos.

Gracias al tedio, al nada que hacer en sus instantes menos angustiosos, a la certeza de que en última instancia todas las ocupaciones humanas resultan por igual inútiles y a una suerte de asumir el desafío intelectual que implica para ciertas mentes contemplativas el desconocimiento de una lengua muerta (otra manera de significar, en fin, otras imperfecciones), había conseguido aprender el antiguo dialecto ático, la lengua del *Banquete* y del teatro clásico, de Tucídides y Jenofonte.

Más aún, había logrado aprender lo suficiente como para traducir (sólo para sí) fragmentos de cosmogonías y poesía lírica escritos hace más de dos mil quinientos años en otros dialectos, al fin y al cabo no tan diferentes unos de otros. En las tres voces griegas tuvo en sus brazos a una criatura deliciosa, más linda que las doradas flores, Cleis mi adoración, aconsejó con vehemencia al joven Cirno y se burló de un hombre que sufría, cantó a Nanno y a los dulces dones de la diosa, a los Juegos Olímpicos, recreó el *ethos* espartano, del caos al cosmos y a la inversa una y otra vez las alucinantes y engañosas aporías de un mártir, *Ringkomposition*, parataxis, priamel, puzle arcaico del que emergen nuevas e inesperadas imágenes –malas traducciones, no era filólogo, sino aficionado– al combinar los significados más insólitos, como besarse mutuamente amor dorio al pie de la muralla, construir un puente, estar ahí esperando, mediante el uso diagonal de la acepción menos socorrida o algo por el estilo para descubrir objetos y movimientos en su opinión bellos, tremendos, desordenados, locos; como nuestro espíritu, aire, nos sostiene, así el soplo y el aire circundan al mundo entero, el número, los átomos, el fuego…

Hasta el momento en que llegaba a confundir los caracteres calcídicos con los milesios que, casi omnipresentes, se apiñaban ante sus ojos (para algunos insomnes no hay nada tan agotador como una pesadilla milesia), y entre nervioso y aburrido por tanta conflagración, tempestad y caricias, encendía un cigarro con gesto impersonal, anónimo irse quemando con la cabecita del fósforo apenas sin advertirlo, e iba a la cocina, siempre poco interesante con su teléfono mudo, tan sólo por contar los pasos: plac plac plac.

Pensaba entonces en lo bueno y simple que sería, tal vez hasta virtuoso, preparar café o limonada. Pero no lo hacía, quizás también pensaba que en el fondo no era tan bueno ni tan simple.

A Fabián siempre le preocupaba el fondo de todo. Era, según he oído decir, uno de esos seres cargantes, desconfiados, algo maníacos y propensos a pasarse una hora entera sospechando de los pestillos y las aspirinas. No creía en la inteligencia. La idea de la posibilidad –y necesidad, argumento teleológico– del fondo, una especie de cosa en sí torturante como una cama llena de migas de pan, se había aferrado a él gelatinosa y tentacular convirtiéndose casi en una obsesión para amargarle la vida.

El espejo del baño, último y fatigado espacio de los circuitos interiores, no sólo era testigo, sino también cómplice de sus mejores incertidumbres.

El espejo era un cuadro capaz de provocar espasmos, mortales contracciones, como diría Djuna Barnes. Más que enfrentarlo, colgaba sobre él. Porque Fabián no se construía: el pelo negro, negrísimo sobre los hombros, bien cortado y perfumado, los ojos color de resina atrapadora de insectos bajo las cejas levemente arqueadas parecían, por supuesto, construidos por otro, entre devaneos y misticismo, se deslizaba florentino por las esquinas del *quattrocento*. Uno se fija un poco en la frente pensadora, en la mirada donde las alas y patas de cuerpecillos agónicos se quedan pegadas y tarda mucho, demasiado, en descubrir la dureza, la voluptuosidad algo cruel de la nariz y la boca. Extraña combinación de rasgos para quien ha nacido en La Habana, alrededor de mil novecientos setenta y no ha viajado nunca, por más que sus parientes se esforzaran en deportarlo, por inútil y por loco, de ser posible a los lejanos confines de Australia o Nueva Zelanda.

Inmóvil y enmarcado, con el rictus del hastío trazado por años. No muchos, pero años, de ambición, de saberse excepcional, único, elegido, de concebir la historia —ésta no, la otra, la Historia, la Leyenda Blanca— como una línea originada en él para transcurrir por él, morir con él y nada más, Fabián lo ignoraba todo acerca de su metáfora —término oblicuo anterior, la naturaleza imita al arte, *ut pictora vita* y otras lindezas— en la Galería de los Oficios, ambigua edificación. No le había sido dado reconocerse ni siquiera en una postal.

Aunque era el hombre de la medalla en muchos sentidos, o tal vez por eso, su rostro le deparaba diversos asombros cada día. Después de perderlo, lo perseguía, lo encontraba de nuevo y así.

A veces Fabián no estaba y el hombre de la medalla permanecía en el espejo. Aquel rostro lo marcaba, lo determinaba, lo hacía sentirse abocado a algo que él mismo no conseguía esclarecer. Tal vez un destino, una vindicación total que intentaba descifrar en los oscuros oráculos del baño como quien planea una broma nerviosa.

Lo interesante del asunto es que Fabián daba a casi todo el mundo, según parece, la misma impresión de energía reconcentrada y a punto de estallar, de falta de escrúpulos, de fatalidad, de peligro. Como ese personaje misterioso de una película que comienzas a ver ya empezada, del cual, a pesar de su elegancia y rara belleza, sabes que es el malo, el rufián, el sinvergüenza, el canalla siniestro. La tardía y despiadada reencarnación de todos los Borgia. El personaje que no consigue engañarte y que, para su desgracia y quién sabe si también para la tuya, será al final reducido, explicado y condenado en virtud de los preceptos morales y estéticos de Van Dynne para el género policial. Fabián, desprovisto casi por completo de biografía, revista mutilada y, por lo tanto, criminal en potencia, no caía bien. Digamos que, para la mayoría de sus conocidos, no era un tipo confiable.

Parecía no tener familia. Como esos individuos desajustados, *mutatis mutandis*, que andan por ahí haciendo el ridículo en la TV o en los periódicos o en cualquier parte, sin nadie que los aconseje ni les diga «mira muchacho, estate tranquilo, pórtate bien, ya por hoy es bastante». En realidad era un pobre huerfanito y sus parientes más próximos, personas intachable y de límpida trayectoria, ocupadas en manejar divisas en nombre del Estado para contribuir al desarrollo y engrandecimiento de la nación, se habían desentendido de cualquier posible problema, como era lógico una vez fracasados todos los proyectos de estudio, trabajo y exilio, al cortar con Fabián todo vínculo más allá de la remesa —considerable, eso sí— que le hacían llegar cada mes desde la misma ciudad para que vegetara en paz y no fuera a estrangular a nadie.

No es que fuesen mala gente, sino que, sencillamente, no tenían demasiado tiempo a su disposición.

Una vieja revieja, fósil, sentenciosa y apocalíptica, «niño, niño, el mundo se va a acabar, el mundo se va a acabar, el mundo...», «¿está segura, Herminia?», «claro, niño, claro, el mundo no da más, de que se acaba se acaba, te lo digo yo, ¡ay, Dios mío!», hacía de ama de casa tres veces por semana. Le contaba al niño, esperando comprensión y lástima como quien dice «bésame, bésame mucho» o se queja del calor atroz en una isla terrible, que ella debía mantenerse en pie y fregar y cocinar y eso, aunque estaba medio paralítica y tembleque y lo rompía todo, porque el biznieto y sus compinches, maricones todos –ella decía otra palabra, pero quería decir maricones–, todos, le habían prometido asesinarla, así mismo, como lo oyes, niño, a-se-si-nar-la, a ella, que no se había metido con ellos, echándole vidrio molido en el cereal el día que cayera en un sillón de ruedas. Y se relamían de gusto los muy bandidos, porque ellos, decían, sí que no iban a bañar viejas cagadas y con escaras. Monstruo, la llamaban, mientras fraguaban sus malévolos planes en su mismísima cara vieja. Ya no se atrevía la infeliz anciana ni a oler el cereal, su única dicha de momia sin dientes.

Fabián la escuchaba con profunda atención (nadie como él para escuchar ese tipo de cosas), sintiendo que semejante delirio o fábula o realidad, ¿quién sabe?, le era tangente, lo tocaba con simpatía en algún punto no muy luminoso de su espíritu.

Nunca preguntaba nada que no fuese «¿de verdad, Herminia?, ¿en serio, Herminia?, está segura, Herminia?», tal vez para entrever nuevos detalles –que no venían nunca–, o por el gusto de repetir como un *mantra* el nombrecito germánico y algo salvaje. Tampoco hacía comentarios ni acotaciones al margen, sólo se sacaba el pelo de la cara y sonreía con su torcida sonrisa interior a lo Dorian Gray.

El desdichado monstruo lo observaba con el rabillo del ojo. Párpado inflamado, legañas verdeamarillas, imagen borrosa, principio de glaucoma. Luego se persignaba como quien vuela de noche sobre el Atlántico en un avión que hace ruidos extraños y volvía entre alaridos a sus anuncios de catástrofe. Fuegos futuros de los cuales Fabián creía provenir, fuegos emergentes, inaplazables, lluvia de piedras, lava y cenizas. Al mismo tiempo los deshielos. Rugidos, *tsunamis*, maremotos. Agua, mucha agua de la que no apaga el fuego, sino que lo aviva. Árboles arrancados de cuajo, derrumbes. Una vieja cagada y con escaras volando en su sillón de ruedas.

Herminia, nerviosa, rompía un plato y Fabián rompía otro para sentirse en ambiente. A su manera no dejaban de acompañarse y de ser felices. Los vecinos, excepto Bibiana, la rubita *next door*, su única visita, fruncían desaprobadores sus entrecejos de vecinos. Prohibían a los niños acercarse a aquella gente perversa, dudaban entre avisar o no a la policía, se quejaban de los peligros, de la telenovela, de los apagones, del gobierno, del país mismo y expresaban su descontento de mil maneras, sobre todo cuando Fabián, ¿quién los entiende?, tras la deserción del monstruo (quien llegó a temerle al rompedor de platos más que a la pandilla desalmada), llevó a Camila a vivir con él.

Posiciones humillantes.

Cuando se llega a La Habana con dieciocho años para estudiar actuación –uno canta y baila con cierto decoro y hasta sabe de acrobacia y de imitar animales– y no se tiene más que una personalidad y un cuerpo pequeños y grises, los idóneos, si se viene a ver, para incorporar grandes personajes muy diversos entre sí, y en cambio se descubre, a través de una inesperada concatenación de errores y pasos en falso –como ése de preferir la comedia, tan llena de falos— la ventaja de ser espectador, actuar de espectador, nada de Yocastas, Desdémonas, Heddas o Madre Coraje, ni de añorar la peregrinación a los cuchitriles y la bohemia de Broadway y el teatro por aquí y uno por allá, ¡qué bien!, más translúcido y poca cosa que nunca, y además se aprende que también es bueno emborracharse de lo lindo día y noche, estar en el aire como quien dice, personaje del aire bajo la corona de pámpanos, de ser posible con ron, llegado el caso con pediculicida de plátano —producto de la conjunción entre la química, el vicio y la miseria, horrendo como su nombre indica: pedi, culi y SIDA, preparado a base de alcohol, que también sirve, mira tú, para matar bichos— y fumar marihuana con alegría, cómo no, cultivarla, matica linda de mi corazón, en algún sitio donde nadie la reconozca —venir a La Habana a cultivar, qué mal chiste— y venderla sin cuidado para ganar alguna plata para esnifar coca para dar un par de escándalos echando abajo una puerta que alguien indignado no quiere abrir, hasta que a uno, urbano y nocturno como pocos, *down town* hasta la médula, decidido a no regresar jamás a las mañanas, la tierra oscura y los gallos del central, de una patada por el culi lo botan de la beca y del Instituto, y gracias que no hay denuncia, porque delitos hubo por montones y quizás se podría terminar la noche de Walpurgis en otra clase de beca, y entonces se advierte que uno se ha malogrado —al menos es lo que dice la peruana del cuarto, inca de mierda—, uno se ha pasado de los límites con mucha *hybris* sin saber por qué (mentira, uno sí sabe), si no había una Causa por la cual luchar ni nada de qué quejarse, si uno tuvo en sus manos las mejores oportunidades, pero de todas maneras se sabe que vivir en la calle como las flores y los pájaros y Diógenes de Sinope —y los otros mendigos quizás más viejos que por aquellos días comenzaban a proliferar de nuevo en un país que casi los había olvidado—, no es tan terrible en una ciudad que sin barrer nieve se abre y se desborda para uno, para hacerlo santo y devorarlo, en una ciudad que orina y vomita encima de uno de sus esperpentos, sus secretos y sus llaves, aunque se carezca de amigos, de sentimiento de pertenencia a un grupo cualquiera, de dinero, de ropa, de comida, de espíritu emprendedor y no tanto de inteligencia como para ignorar que se está por completo fuera de foco, *old fashioned*, en plena disonancia, haciendo la payasada del siglo en un mundo que para nada carece de paz, amor y libertad, cuando en menos de un año sucede todo eso, que es casi una historia aunque no de las mejores y uno se pone a dormir en las aceras y a husmear en los latones de basura, hablando solo sin que nadie lo mire ni se asombre, las consecuencias pueden ser incalculables.

Una tarde con mucha lluvia y mucho sol se asiste a las bodas del Diablo con la cara hecha una ciénaga donde el agua traza surcos y canales de territorio pálido, rizos de mangle, con las orejas paradas y primaverales ganas de tomar el té, liebre marceña, lo más pronto posible.

Entonces aparece un joven amable, se sienta en el mismo banco en el mismo parque como si tuviera la lluvia por dentro. Cierra el paraguas negro con olor a vestíbulo de casa acogedora y dice que el día está precioso para tomar una ducha callejera, y que le agrada mucho haber encontrado alguien con quien compartirla.

Hace semanas que uno no conversa y tampoco fue nunca un conversador demasiado brillante. No sabe qué decirle al joven, aunque él no parece esperar nada preciso, se limita a pasarse los dedos por el pelo y a mirar hacia arriba. Añade que han anunciado una tormenta tropical, hay que tomar medidas.

En verdad hay que tomar medidas, piensa uno. Con esto no se contaba por más que cada *clochard* padezca lo suyo, lo que le envían las divinidades atmosféricas cada año para desgraciarle la vida. Pero en el parque se está bien. Hay somnolencia, un derretirse de los remordimientos. Y eso que el viento arrastra latas vacías, trozos de *plywood*, trozos de cartón, trozos, y la calle parece muerta.

De tanto no querer saber uno se ha perdido la poca simpatía que alguna vez se tuvo; se siente cucaracha. Sin embargo, de pronto ha querido ofrecer lo mejor que tiene, dar algo bueno (?) a alguien, quizás por recuperarse un poco de la ignorancia o por agradecer esa compañía pluviosa que sabe hacerse descomprometida, indiferente, o porque en el fondo de cada cucaracha tal vez pervive siempre un humilde deseo de gustar. Y lo mejor que uno tiene, lo único bueno quizás, son las ganas del té, del buche tibio en la mesa de los locos. Uno, por fin, habla.

El joven la mira desconcertado. La mira bien de cerca por primera vez. Ojos dorados, muy lindos, los suyos. «Ya metí la pata, soy un asco», se dice Camila que quiere decir sacerdotisa, «seguro quería mojarse ahí, tranquilo, en silencio, quién sabe cuánto esperó por esta lluvia, y yo me bajo con que un té, ¡ah!».

Pero no es el té. Es la voz. La voz de una actriz hembra haciendo del príncipe que está gordo y se fatiga. Es la ruptura elocuente (espero) de su neutralidad. Es que, a pesar de sus piernas musculosas y sin depilar, de su cara de ratón confundido, de los trapos holgados que disimulan sospechosas e insignificantes curvas en una fisonomía más bien angulosa, a pesar de su pelo absurdamente indefinido, Camila resulta ser una muchacha. Una sacerdotisa. El joven se echa a reír.

Ella, aunque no le ve la gracia por ninguna parte a su miserable intento de agradar, no es de las que le temen a la risa. Al contrario, prefiere a las personas que ríen, y cuando él le pregunta si sabe cocinar —da lo mismo si rompe algunos platos— la sacerdotisa miente descaradamente con tal de caerle bien.

Así irrumpen en un apartamento que a ella le parece de película americana, donde él vive más solo que una ostra. Camila desentona, según muestran las superficies pulidas que la repiten.

Pero está habituada a desentonar y no es el orden la causa de que Fabián desee bañarla. En nombre de la coherencia —si acaso a personas como ellos les es dado invocarla— ella se bañaría sola, pues eso, aunque no lo parezca, sí sabe hacerlo.

Es que, al verla de cerca, Fabián ha revivido una antigua frustración. Siempre (es casi un decir) quiso bañar a Herminia, diminuta bola de pellejos y olor a molusco podrido dentro de un escaparate. Hubiera deseado visitar a los maricones para pedirles, amablemente, que la dejaran por su cuenta «Yo me ocupo», les habría asegurado. Lo que se dice una «relación estable». Y todo por amor. Ellos, buenos muchachos, seguro hubiesen comprendido. Pero la digna anciana se había horrorizado y le había dicho asqueroso, el mundo se va a acabar por culpa de la gente como tú, pervertido, mierdero, puerco exhibicionista, lo cual era más bien un contrasentido. Todo a pesar de que sus relaciones habían llegado a un punto —casi no quedaban platos— en que algo así parecía inevitable y hasta necesario. Él le había dado una bofetada, una solita para no desencuadernarla. La había empapado con alcohol y se había puesto a jugar con los fósforos y a confesarle su más recóndita piromanía para asustarla y que ella accediera. ¿Te imaginas los gritos? Fabián, si se lo hubiera propuesto en serio, habría llegado a ser un excelente esbirro. Pero no consiguió retener a Herminia: aquél había sido el fin de sus relaciones.

Por supuesto, no iba a contarle todo eso a la sacerdotisa, quien a fin de cuentas encontraba divertido que alguien estuviese lo suficientemente loco como para ponerle las manos encima. Ella ignoraba, pues no se había fijado en la nariz y la boca, todas las implicaciones de ese «ponerle las manos encima». Aunque, de haberlo sabido, es posible, creo, que tampoco se hubiese negado. «Tú verás qué rico y después tomamos el té, ¿qué tal?». «Allá tú, a mí no me da pena porque la verdad es que ya no tengo nada que ver conmigo misma». Se sentía cansada. «¿Por aquí?». Caminó hasta el baño —que en el futuro no habría de ser sacralizado— quitándose la ropa por el camino. Actriz.

Pero si le dio mucha pena cuando él también se desvistió, puso el seguro de la puerta bien seguro, y la bañadera con sales y ambientador, espumoso y refrescante paraíso, se convirtió en escenario de un juego de fuerzas y torpezas. De crueldades anómalas con resbalones y ondas. De posiciones cada vez más humillantes y dolorosas. De palabras increíbles masculladas al oído y de golpes. De ese fuego sinuoso que abre grietas en la piel desprevenida a donde el agua llega como ácido, acompañada por el daño otro de los objetos fríos y punzantes, de las burlas.

No tuvo la suerte de desmayarse en el momento desgarrador de la penetración, como ahora mismo está sucediendo a tantas y tantos en diversos e ignorados lugares del mundo. Era más fuerte (y más estrecha) de lo que había supuesto. Lo bastante fuerte como para soportar durante largo rato imparables y violentísimos impactos sobre su pequeño y hasta entonces afortunado útero. Para resistir incluso el prolongado orgasmo del joven amable, la embestida final que fue vértigo y horros y agonía para ella con la cabeza completamente sumergida. Nunca antes había deseado tanto la muerte. Nada podía ser peor que aquel infierno.

Antes del atentado Camila había sido virgen y más que virgen, ni siquiera había visto nunca a un hombre desnudo, lo cual no resulta tan raro si suponemos que su aspecto mezquino y hasta repulsivo para la mayoría de las personas tal vez le había servido de garantía contra los crímenes del amor. Por ello no supo que Fabián, a pesar de todo, era hermoso, y que quizás hasta existían personas que con gran placer hubieran pagado con cheques, tarjetas o efectivo la cantidad que fuera por encontrarse en el lugar que tan lamentablemente ella ocupaba.

Silenciosa estuvo llorando durante horas, mientras Fabián, quien no se sentía en absoluto violador y tal vez pensaba que así se debe desflorar y que lo otro es bobería, la secaba suavemente con su enorme toalla verde una vez detenida la hemorragia. Era como si el Diablo hubiese decidido descansar un rato. Camila permanecía inmóvil, apacible de una manera extraña y con la mirada hueca, quizás con la calma que depara sentir que uno vuelve a respirar cuando estuvo a punto de ahogarse. Después de todo, se decía Fabián, al principio la sacerdotisa se había dejado besar de lo más tranquila, lo cual es aquiescencia, y sólo le había dado por gritar, morder y arañar cuando él empezó a, lo cual también es aquiescencia, que no ni no, pues nada podía haberlo excitado más.

Embargado por tan saludables pensamientos preparó el té de jazmín casi con ternura y, sin dar explicaciones, le pidió un par de *tylenols* a la rubita de al lado, Bibiana, que quiere decir «ilustre niña».

La sacerdotisa se fue serenando, pues al ardor y al malestar se unía la fatiga, la espantosa fatiga. Al fin se quedó dormida sin reminiscencias denigrantes que le estropearan el sueño. Fabián, fascinado, se acostó junto a ella y apagó la luz. Sonrió.

Afuera estaba oscuro y no paraba de llover.

Así comenzaron una nueva y desesperanzada vida. Sin demasiado extrañamiento, sin nostalgias. Sin nada que lamentar, pues en realidad se trataba de la misma vida con idénticas huellas en la soledad y con idénticos itinerarios en el tiempo.

Cocinaban como podían. Mal. Había menos ruido, eso sí, que en tiempos de Herminia. Si él, en vez de caminar de un lado para otro, le pegaba cuando estaba harto de sí y de sus culpas, era en silencio. Si le decía las peores cosas (en voz baja), ella permanecía callada, algo taciturna y parecida a él, como si comprendiese que aquella conducta pertenecía también al orden natural del mundo, si existía, lo cual, era en última instancia, importaba muy poco. Un perchero envuelto en una toalla puede ser un objeto muy útil para golpear a alguien: te destroza por dentro sin dejar marcas por fuera. La hipocresía misma.

Salían poco y conversaban menos. Ella sabía –de alguna manera, gestual si se quiere, había llegado a saberlo– que él nunca iba a matarla. Cualquier otro hubiera pensado que no era posible durar mucho en medio de tanta violencia, pero cualquier otro se hubiera equivocado al olvidar que hasta los campos de concentración tuvieron sobrevivientes. Él no iba a matarla porque de algún modo entreveía el futuro, el final de esta historia, la cual, te adelanto, es, entre otras cosas, la historia de un asesinato. No iba a matarla porque necesitaba una mujer en la casa, una esposa, del mismo modo en que se necesita en el ajedrez al peón de la torre, detrás del cual, en algún momento de espanto, se pueden ocultar las piezas más valiosas. Nunca se sabe. Y ella era insustituible como un peón de la torre. Su aire de muchacho (desde ese punto de vista no era tan fea, con algo más de estatura hubiera figurado un Espinario o tal vez un Antinoo incierto), su inclinación a la brevedad y su extraordinaria paciencia –hay que decir que no le gustaban los malos tratos, que los padecía muy a su pesar– parecían hechos justo a la medida de él. Fabián reconocía en repetidas ocasiones que Camila no le tenía miedo y eso le gustaba, lo movía a tocarla de otro modo, sin el perchero.

Algo como besar despaciosamente, con los ojos cerrados y el pelo suelto, una cosquilla ligera, rococó, el pecho casi plano de la sacerdotisa, cuya respiración era entonces audible, acompasada. Las manos de ella, muy poco lo que se espera sean las manos de una muchacha, se apoyaban en mi cabeza, fuertes, y buscaban empujarla hacia abajo, hacerla rodar. Y los labios, la lengua inusitadamente hábil y obediente, iban hacia abajo, hacia donde querían las manos, por un camino de caracol, húmedo, expectante, de nuevo tenso en el abdomen ahuecado y duro que Fabián adoraba y quería comerse. El caracol mordía y era un dolor distinto. Ella gemía de placer aunque a mí no me gustara su voz y me empujaba todavía más, dejándome sin escapatoria, me empujaba hasta el vacío que yo temía porque allí habitaba lo cierto, lo único cierto con todos sus olores y sabores y su hambre. El fin de la ilusión era abrir los ojos, sentir el peso de las piernas de la sacerdotisa como una cruz —exacto, una cruz de hierro— sobre mi espalda y continuar entre el desconcierto siempre renovado, la sensación angustiosa de ser víctima de mí mismo y los murmullos y ondulaciones de ella, hasta que se aflojaba, también despacio, la presión, yo alzaba la cabeza y veía como enfermo a una muchacha relajada y feliz que me decía hijo de puta.

Fabián no podía evitar en esos momentos la acometida de una tristeza oscura, el desapego previo a cualquier enunciado de abolición. Descontento de sí mismo y de todo, salía solo para encontrar nadie sabe qué cosas. Tal vez auténticos amantes de la lluvia. Volvía en la madrugada sumido en una especie de alegre indiferencia. ¿Amantes de la lluvia, qué digo? Esto no es ya narración, sino retazos de ideas, aburrimiento, analogías discordantes que, tras la tormenta tropical, iban apareciendo sin más ni más en la mente de él. Porque no soñaban al unísono y de más está contar cómo sabían que se conocían poco. A Camila todo aquello le importaba un rábano. Vivía sin tratar de explicarse el vacío, lo aceptaba como había aceptado la calle, sin condiciones. Quizás esta página debiera estar en blanco.

Desde la sombra Fabián extendía la mano, cada vez más ansioso. Quería, por decirlo de algún modo, acceder a alguien, estar de acuerdo. Poseer. La misma angustia de siempre, pero más intensa y definida. Y lo aparentaba muy bien —había provocado ya más de un susto— con la esperanza de lograrlo de veras algún día en virtud de cierta magia simpática o premio divino a la humildad, a la perseverancia.

Todos sus amantes de la lluvia, sin embargo, eran fanáticos: neoizquierdistas, neoconservadores (con el fin del milenio proliferaban las ansias de novedad, de renovación), herejes, criminales, opuestos al aborto y a la pena de muerte y a la eutanasia, neonazis, neohippies, enamorados, discotequeros, vegetarianos, espiritistas, cibernéticos, *punks*, alcohólicos, ascetas, feministas, pragmáticos, homofóbicos (pues sí, Horacio, entre cielo y tierra hay más de lo que sueña tu filosofía), censores, campesinos, extranjeros, militares, católicos, *gays* del arcoiris, neoexistencialistas, drogadictos, anticuarios, santeros, ecologistas, psicólogos, peloteros, ateos, payasos y, aunque parezca increíble, muchas cosas más. Todos tenían conexiones, falsas o no, daba igual. Algunas se interceptaban. Tenían respuestas, etiquetas, correligionarios, ídolos. Hablaban mirando hacia el frente, hacia el futuro con voz altisonante y entrecejo fruncido. Se sentían en su derecho, tal vez con razón. Opinaban. Creían que pensaban, creían que sentían, creían que creían. Eran escandalosamente crédulos.

Fabián, quien, aparte de tocarlos con las dos manos y contaminarse a más no poder, los escuchaba demasiado, comenzó a sospechar que por ese camino llegaría directo y sin problemas a ninguna parte. Bueno, tal vez a una enfermedad venérea. De nuevo sufrir el tiempo... el pájaro desbordado, no pincel, no tinta china.

No perdía la fe. Más bien la fuerza de la obsesión lo salvaba de perderse en aquella jungla parlanchina. Su rostro en el espejo lo alentaba, lo hacía esperar otra variante del milagro. Había abandonado, cierto, el interés que un día creyó tener en juzgar, en hablar de la vida. Iba poco a Grecia, pues algo había empeorado en él y allí parecían no quererlo. Eso, pensaba, se lo debía en gran parte a los sucesivos fracasos con Herminia y Camila. Porque Camila también era un fracaso. Sin duda él precisaba de otra historia, que ella, por más humillada, enferma y rota que estuviese, no podía darle desde su precaria posición en la primera o la octava columnas. Al peón de la torre también se lo sacrifica, es más, sucede muy a menudo. La cuestión era engancharse, conquistar el centro, ganar.

Fabián no tenía la menor idea de la forma exterior que podría revestir su comunión con otra persona. Pero le agradaba imaginarla por puro placer estético. Sólo debía ser, por ejemplo, con alguien a quien viese, más o menos, una vez por semana. Quizás la tarde violeta y desvaída del viernes, ese día tan propicio para el desconcierto y los susurros vegetales. Debía ser con alguien de una cobardía especial. Se encontrarían, soñaba, en el bosque de La Habana, en las casitas de suelo crujiente con que el *ficus* rodea los troncos centenarios. Debía suceder pronto, antes de que el concepto «otra persona», las más importante de las categorías para Fabián, se diluyera por completo —ya comenzaba a diluirse, a completar iones— en una masa continua y neutra, condenada a rechazar para siempre la reducción a lo discreto. Debía ser también una comunión irónica que, al mismo tiempo, consiguiera escapar a la ironía empalagosa y verde que lo embarraba todo por aquellos días.

II.

Como revolcándose un poco

En el interior de la ampolla de vidrio, ambiente gelatinoso, se agitaba una multitud de figuritas brillantes, unas con forma de clave de sol y otras no. Triángulos, sombreros de copa, burbujas, explosiones calladas. El jardín de las delicias. Era uno de esos cuerpos que cuelgan multicolores de los llaveros o de cualquier otro cuerpo (siempre cuelgan) como calidoscopios asimétricos sobre los cuales gravitara el malentendido con sus vísceras doradas al descubierto.

Dispersos por la sala, observaban fascinados, tal vez a la manera de los increíbles lectores del *Finnegans Wake*. Camila durante horas. Bueno, algo menos. Fabián y Bibiana mucho menos.

Desde el sofá más alejado de la lámpara (y de su ignorancia), la sacerdotisa presentía que los delirantes paisajes de figuritas evolucionaban en un silencio total, como para descubrir cierta vocación furtiva. «Esto me recuerda algo», pensó. Ya que se proponían, unos y otros, pasar inadvertidos, polvo y astillas, con esa armonía tan sutil de música para sordos, hubiera sido preferible mirarlos, se dijo, a través del ojo de una cerradura.

Camila los hacía contraparte de su propia experiencia. Pues ella tenía por costumbre observar todos (o la mayoría de) los cuerpos sigilosamente, en puntillas de pies. Como a través del ojo de una cerradura, una grieta, un claro de luna o el espíritu curioso de Monte Palomar. Desde la franja oscura hasta la franja iluminada era *voyeur*, espectadora, espía de los pies increíbles de

Bibiana, muchacha descalza y sentada sobre la alfombra –unos pies demasiado bien formados para ser ella tan alta–, sus rodillas, el pañuelo con talento para el desorden, el bolso tejido, un ojo azul y el otro verde, las figuritas de un útero transparente. La alfombra misma, anacrónica a más no poder.

Jamás se le ocurría la idea de habitar esos espacios. Al menos no en el sentido de asimilarse a ellos, de pertenecer. Y no por sentirse determinada a estar siempre del otro lado, como podría suponerse dado su abrumador sentido de la anarquía, ese mismo que le impedía, entre otras cosas, aprender alguna lengua extranjera. Ella, en efecto, no admitía reglas, al menos no aquellas reglas que solían de pronto volverse demasiado evidentes. Pero en este caso no se trataba de contradecir, sino del sereno y temerario gusto (quizás influido por Marco Aurelio, Epicteto o la gente del Pórtico, a quienes nunca había leído, pero en fin) por mantener la distancia como quien se observa a sí mismo al borde de un precipicio y todavía insiste en que ve a otro. «Esto podrá ser espantoso, pero no me está sucediendo a mí», era la consigna. Nunca preguntes por quienes doblan las campanas. No doblan por ti.

Tampoco deseaba contraer responsabilidades (asimilarse a los espacios grávidos implicaba de algún modo un compromiso), porque sentía que el mundo, cualquier mundo entre los muchos posibles, estaba ya completo y que no se podía añadir nada sin peligro de vanas redundancias. Vivía en la aparente certeza de no significar más que un par de ojos grandes y veloces, ojos de sacerdotisa destinados al desgaste y a la ceguera de tanto mirar. Como todos los que miran así, se apartaba ferozmente del cine, la TV y los videos. Aunque tan sólo fuera por instinto, dicho sea de paso, pues no apreciaba para nada las teorías ni las explicaciones quizás enmarañadas y un tanto artificiosas, como *ésta*.

A Bibiana, que era modelo y se sabía bella, más que bella, la Belleza, le agradaba ser observada desde todos los ángulos.

Nunca había estado al borde de ningún precipicio, si bien lo más seguro es que le hubiera encantado la experiencia –que no tardaría en llegar– por aquello de las emociones fuertes. Pero hay que perdonarla. Para una ilustre niña la franja iluminada, las portadas, los anuncios para el turismo, los concursos en el extranjero, las ceremonias de premiación en los Festivales del Nuevo Cine Latinoamericano, los musicales, en fin, el *spotlight*. Todo lo que fuera brillante y satinado, a pesar de que sabía elegir muy bien sus accesorios y no se desvivía por las fantasías y los materiales plásticos. Era, según dicen, frívola y algo tonta, aunque me niego a aceptar que ambos términos denoten lo mismo.

Espero que tú, lectora avisada y siempre alerta, no te vayas a sentir agredida por la probable insuficiencia de mis dos mujeres, siempre carentes, al parecer, de al menos una entre las hermosas cualidades que atesora mi loco de rostro renacentista. No voy a cometer la torpeza de justificarme con una pretendida fidelidad a los hechos (muy cierta por otra parte), ni voy a dármelas de *soft man* para conquistar tu aprobación, pero antes de pensar que soy un «sexista abominable» que «reincide en estereotipos represivos», considera, te lo ruego, que esto del *kalós* y el *agathós* no es tan simple como a veces puede parecer, tal vez porque se trata de parámetros discutibles. Bibiana, por ejemplo, no sólo era capaz de profesar los mayores afectos por las cosas más abandonadas y más pequeñas, por los menudos habitantes de los charcos y los traspatios, sino que también conocía, quizás por solitaria, el valor de la mirada esencial, de lo que pudiera llamarse «la mirada en sí». Y ése es un saber raro en una época que descree de los absolutos, que tiende a rechazarlos hasta en su forma poética.

La mirada en sí. Una esencia frágil y a la vez interminable, siempre en lucha con la oscuridad y el tiempo, poderes corruptores. Es, si acaso puede ser definida fuera de su condición de arquetipo, la mirada como espejo, la que no tiene fondo ni expresión porque reúne en sí todos los fondos y todas las expresiones, todos los lenguajes. La inescrutable, la que simula pulidas superficies de obsidiana, la de los ojos oscuros del *petit* Marcel, la mirada como ondas en el agua, como esferas inmóviles que cuelgan de la bóveda en el sueño de un sabio de anchas espaldas. La que justifica al mundo en alguna teleología no del todo inverosímil. Raras veces la confundía Bibiana con el deseo. Desear es fácil, se decía, ¡tantos la habían deseado! Para algo era bella, ¡no faltaba más! La Mirada, en cambio…

Fabián, de pie junto a la lámpara, más alto que un hombre alto, Marte Gradivo y ajeno por completo a los juegos de las muchachas, había afirmado, no sin desdén, que los movimientos de las figuritas eran torpes.

Camila volvió a mirarlas, a vigilar su torpeza de matriz o de huevo. Replicó soñadora que a un niño chiquito no se le podía exigir demasiada agilidad. Se llevó las manos al vientre y sonrió. La modelo también sonrió porque tenía hoyitos, era estéril y se encontraba a gusto entre lo que parecía tierno.

Compasión y asco fue todo lo que expresó el rostro de Fabián. Sobre todo asco. Tan fatigada y lenta, con los senos hinchados y aquella barriguita de seis meses debajo de algo harapiento (en ella todo lucía harapiento), Camila se le antojaba, ahora sí, la peor de las cucarachas. Y él, por supuesto, un cucarachón. Se burlaba de sí mismo: «¿No decías tú, pedazo de imbécil, que necesitabas *una mujer en la casa?* Pues bien, ahí la tienes. En toda su expresión multiplicadora y reproductiva. ¿En qué estabas pensando, soco-ñame? ¿En el peón de la torre, no? Capablanca. El superajedrecista volador. ¡Agarra ahora tu peoncito! Tu Fabiancito, gran horror, o tu Camilita, horror de los horrores. La sagrada familia, el Tondo Doni de La Habana. Incluso, para regodearnos bien en la mala suerte, hasta podrían ser jimaguas. Sí, ¿por qué no? Jimaguas y bien jimaguas. El príncipe y el mendigo, el hombre de la máscara de hierro, el prisionero de Zenda, Artemis y Apolo, los Dióscuros del Quirinal... Eso, para no pensar en los trillizos, etc... ¡Y que te aproveche... papá! ¿Papá? ¡Qué palabreja esa! Papá Goriot, Papá Corazón, Papá Montero, papito, papacito, Papaíto Piernaslargas, papagayo, papamoscas, papanatas, papahuevos, papalote, paparrucha... ¿Viste lo que te buscaste, paparrucha? ¿Recuerdas que querías ser libre y poseer algo y todo eso? ¿Libre de qué, a ver, de qué? ¿Sabías acaso dónde la estabas metiendo? En algunos rollos la falta de experiencia es una cosa muy seria. Pero bien que te lo mereces, ¿quién te manda a hacerte el loco? ¡Y lo que falta todavía! ¡Ay de ti! Yo me erizo».

Primero en el vértigo y luego en el sopor lo había descubierto tres meses atrás, cuando aún no era tan evidente y casi podía pasar por imposible.

Después de morderla en la boca hasta sacarle sangre y de retorcerle ambas muñecas al mismo tiempo casi hasta el crac con ese placer inigualable que en ocasiones depara la destrucción, aún sin soltarla le había dicho entre susurros y dientes algo parecido a esto: «Estoy harto de ti. Apestas, ¿entiendes? Apestas como si hubieras salido de una cloaca. Eres un bicharraco inmundo, deberías morirte. ¿Por qué no te mueres de una vez, eh? ¡Muérete! ¿Quién te necesita, a ver, dime quién coño te necesita, so puerca? ¡Habla! (Ella no decía nada, más bien parecía una comadreja apedreada en una esquina). No hables si no quieres. ¡Total! ¡Qué más da! Eres un guiñapo y a los guiñapos se los aplasta, ¿lo sabías? Se los aplasta aunque sea nada más para ver cómo se retuercen y sueltan su baba asquerosa. Tú no te mereces ni el aire. Eres tan fea que metes miedo, eres horrible. Y tan insignificante, tan despreciable... Lo contaminas todo, lo ensucias todo... Pues sí, lo que yo digo. Eres un bicho». Alargaba las sílabas como alguien que enamora y que lo hace en otoño, como alguien que se expande en una sonrisa galante sin temores ni temblores.

La había soltado un momento para terminar de envolver el perchero en una toalla y la sacerdotisa había intentado huir del mismo modo en que huyen las alimañas que aún no prueban carne humana y que, por lo tanto, ignoran en el bípedo implume a la más vulnerable de las criaturas. Era una reacción inusitada en ella. Hasta entonces siempre había optado por defenderse (por tratar de defenderse), en silencio pero hasta el final. Así, en opinión de él, todo resultaba hasta más divertido.

Fabián, asombrado, la había perseguido por todo el apartamento. Del escritorio al cigarro a la cocina al espejo del baño, una y otra vez el pájaro veloz, no pincel, no tinta china. Se sentía molesto consigo mismo por no haberla amarrado nunca. «¡Con tantas buenas sogas y alambres como hay por ahí! Esto me pasa por confiar en la gente». Pero también se le advertía risueño ante la posibilidad muy Daphne de que la fugitiva se le fuese a convertir entre las manos en un laurel de triunfo.

Él procuraba sortear los muebles y otros objetos como trincheras que con chirridos, estridencias y ruidos secos ella iba desparramando a su paso, ejercicio que le hacía perder la paciencia y el buen humor. Un trastazo dolorosísimo en la espinilla –¡Oh, aqueos de doradas grebas!– y una sombra escurridiza que conseguía escapar una vez más como si en ello le fuera la vida, «¡Me cago en tu madre!», le habían provocado finalmente una auténtica furia, cólera funesta que causó innumerables males a los aqueos y que se desbordó en insultos y amenazas a toda voz cuando un gran búcaro de porcelana con florecitas y todo se estrelló en la pared a escasos centímetros de su cara.

Se iluminaron entre ladridos las ventanas y resquicios de media cuadra. Todas las puertas del pasillo vomitaban vecinos espantados y chismosos, la mayoría de ellos con el entrecejo más fruncido que nunca y no sin razón: eran las dos de la mañana.

Camila también gritaba pidiendo auxilio. Había intentado abrir la puerta que los aislaba de un mundo a sus horas civilizado. Pero se lo impidieron demasiados pestillos y aún detrás la certeza de una reja contra los ladrones y asesinos, ¿qué ladrones y qué asesinos, Dios mío? Si bien era cierto que La Habana poco a poco se estaba convirtiendo en una ciudad algo violenta, la zona en que vivían, de no ser por ellos dos, hubiera sido la más apacible del mundo.

Allí, junto a la puerta, en la frontera misma de la salvación, la había acorralado él con una cara de pesadilla, de capricho de Goya o espantajo brotado del infierno, que erizaba los pelos. Se habían mirado por un instante, él con odio, ella con terror, y las manos de Fabián, implacables y duras como tenazas, cosecha roja, se habían cerrado en torno al cuello de la sacerdotisa.

Ella (algo en ella) se había estremecido entonces desde muy adentro, sacudida por una punzada de alarma en forma de descarga eléctrica, ya que no de dolor, en el bajo vientre. El sabor de la sangre, casi olvidado, se volvió intenso. Enloquecida por el miedo y la sensación de asfixia, reunió en un esfuerzo supremo todos los restos de energía que aún le quedaban para propinarle al Enemigo un rodillazo magistral donde correspondía... ¡Agrrrr...! El aullido se había escuchado en Hong Kong...

Tiempo descosido, pequeña muerte.

La sacerdotisa, exhausta, contemplaba –sin verlo– a Fabián, quien se retorcía despatarrado sobre la alfombra apretando con ambas manos lo que puedes imaginar. Hubiera preferido con toda su alma dejarse caer sobre la alfombra ella también y descansar por los siglos de los siglos sin tocar, sin ver, sin oír nada ni a nadie.

Pero el timbre persistía junto a la perentoriedad de los golpes en la puerta, las voces inquietas y demás señales tumultuosas provenientes del pasillo. Hubiera sido una estupidez permitir que los vecinos avisaran a la policía si no lo habían hecho ya.

Abrió y a través de la reja, «por fin me ayudas», entre jadeos y algo ronca explicó a la multitud que su marido había sufrido un imprevisible ataque de epilepsia, había convulsionado y ella se había puesto algo nerviosa, como era natural, pero, gracias a Dios, los dos ya estaban mejor, les pedía disculpas por las molestias ocasionadas y les agradecía el interés que se tomaban por ellos, aunque por el momento no necesitaban nada, sólo descansar, buenas noches. Y cerró.

No sé si le creyeron, pues no escuché los comentarios. Me inclino a pensar que sí, porque ella era una excelente actriz hasta en los peores momentos, y porque mis vecinos, a pesar de sus prejuicios, eran seres sugestionables, propensos a creer lo que se les dijese. De cualquier manera nadie avisó a la policía.

Una vez dispersos los últimos grupos, cerradas las puertas, apagadas las luces y tranquilos los perros, regresé a mi apartamento y llamé por teléfono a los locos. Un poco por si necesitaban algo y otro poco por curiosidad. Me contestó Camila. Con todas las cicatrices del agotamiento y la pequeña muerte en la voz me dijo que si yo tenía, por favor, algún calmante y una bolsa de hielo. Para Fabián que estaba algo magullado, añadió. No era la primera vez que me pedían tales cosas, pero siempre había sido al revés, de Fabián para Camila. Siempre la noqueaba, la pobre. Era muy abusador. Le pregunté qué había pasado. «Estoy embarazada», me dijo, «ya tengo tres meses». «¿Y tenías algo en contra? Porque, fíjate, no es problema. ¿Tú querías tenerlo?», le pregunté. «No sé. Nunca había pensado en eso. Aunque, pensándolo bien, la verdad es que sí. No hay motivos para no querer, casi nunca hay motivos para no querer algo… Mira, sí. Quiero tenerlo», me dijo. «¿Y te sientes bien?», le dije. «tú sabes, todos esos síntomas que dicen que son tan pesados al principio…» «Pues sí, pero nada que no pueda soportarse, en realidad nunca había estado mejor», me dijo. «Todo esto tiene su encanto, ¿quién lo hubiera dicho, eh?» «Oye, vieja, te felicito. Eres muy afortunada», le dije. «¿Por alguna casualidad de la vida tú y tu cavernícola saben que esa cosas algunas personas las celebran?» «Sí, creo que sí. Lo que pasa es que hay muchas maneras de celebrar», me dijo. «Yo estoy feliz». Me alegró. Sinceramente, me alegró mucho. ¿Cómo iba yo a imaginar lo que vendría luego?

Fabián, por el contrario, estuvo muy descontento ese día y algún tiempo después, cuando volvió a caminar. A veces exageraba: no estaba acostumbrado a ser él quien recibiera los golpes (el golpe) y la idea no acababa de gustarle. Cada quien debía cumplir con su rol por más disonante que pudiera parecer, ¿qué sería del mundo si no? Herminia, miserable, iba a acabar por tener razón. No estaba él para esas carnavalizaciones imprevistas. De todas maneras no le había quedado otro remedio que pactar, pues por alguna recóndita razón, tampoco se resignaba a prescindir del bicharraco inmundo.

Sin pensarlo mucho, aquello de reproducirse le parecía algo diabólico, más bien propio de las lombrices y las amebas, de negros, indios y chinos, del subdesarrollo más basto. Sus ideas al respecto no eran sólidas ni sistemáticas ni se basaban en principio alguno; consistían más bien en el producto rígido y desaforado de la perplejidad, del asombro de que su cuerpo tuviese, en cierta forma, vida independiente. Aunque parezca mentira, nunca se había percatado. Contra la actuación del cuerpo se estrellaban los sentimientos y las filosofías; el cuerpo merecía su tributo, su vigilancia, su culto aparte. Era un demonio peligroso.

—¡Ah, Fabián! ¡Déjate de boberías! ¿Cuál es el tragiquismo? —le había dicho la modelo una vez a solas—. Eso es lo más normal del mundo. No te gusta precisamente por eso, porque es normal.

—¿¡Cómo que normal, princesa!! ¿Cómo que normal? —había dicho él—. Y entonces, ¿por qué tú no sales en estado?

—Porque no puedo, ¡no jodas que no lo sabías! Yo no puedo. Pero, para que tú sepas, me gustaría tener no uno, sino seis o siete chiquillos. Una escalerita.

—¡Ay, pobrecita Blancanieves! ¡Cuánto lo siento! ¿Y por qué esa bruja tenía que ser diferente, a ver? Yo creo que no seleccionaron bien.

—Yo no entiendo nada de lo que tú dices, pero Camila no es la diferente. La mayoría de las personas pueden tener hijos. La diferente soy yo. ¿Por qué te gusta tanto formar líos? A fin de cuentas ustedes no tienen problemas de dinero y esas cosas, ¿qué te pasa, eh? Tú eres lindo. Los niños son lindos. Aprovecha ahora, que a lo mejor con esto se te quita un poco la locura…

—Bueno, bueno, princesa, si todos somos lindos no hay problema. Pero, fíjate bien y trata de poner a funcionar tu pequeño cerebro, a ver si, por una de esas casualidades de la vida, una de tus neuronas choca con la otra. Cuando dos cosas no son iguales, princesa, es porque son diferentes, son diferentes, ¿entiendes?, una cosa respecto de la otra y eso es lo que cuenta. No hay que dejarse impresionar por los grandes números. El consenso no es jamás un criterio de verdad, ¿OK? Y no pongas esa cara de estúpida, ya sé que lo eres. ¡Ah, y no estoy loco! No debes andar por ahí diciendo eso.

—¡Con lo que a ti te importa lo que digo yo! —había mascullado Bibiana, resentida y un poco en broma.

Fabián, sin demasiado entusiasmo, la había sentado sobre sus rodillas para acariciarla, «ya, ya, tranquila, nadie ha dicho que tú tienes la culpa», como si fuera su gato, su gato amarillo y perfumado, de esos grandotes que se ponen en la ventana para que todo el mundo vea qué tremendo gato tiene uno.

La modelo se dejaba besar en el cuello y los hombros sin engrifarse ni sacar las uñas. Se dejaba oler y balancear como un barco ligero, ebrio, hasta quitar la ropa se dejaba lánguida, postrada,

Venus de Urbino. No lo ayudaba, primero, porque era lo suficientemente bella como para no preocuparse por su desempeño, prefería ser dibujada con los dedos más sutiles del mundo o con una pluma (Fabián era bien imaginativo con eso de la pluma, siempre tenía alguna a mano, se hubiera dicho que las coleccionaba) y, segundo, porque le había dicho estúpida, el muy malagradecido. Siempre le decía cosas por el estilo. Cretina, idiota, imbécil, submorona, retardada, comemierda y verraca. Le decía toc toc en la cabeza y preguntaba *Is anybody home?* Pero la ilustre niña no era nada de eso, no. Sabía, entre otras cosas, que su vecino jamás se iba a acostar con ella –jamás iba a penetrarla, quise decir– porque un hombre no se puede acostar con un gato. «Son especies diferentes, princesa», le había dicho Fabián a la sombra del primer *striptease*, «pero quédate así, así me gustas». Y la pluma hacía lo suyo. «Tú estás loco o qué te pasa?», había dicho ella entre risas y maullidos, muy contenta de ser un gato, un delicioso juguete. El toque de seducción de fingirse la pequeña diosa de un poeta modernista.

Le gustaba posar para él vestida sólo con sus elegantes zapatos italianos y medias negras o detrás de un pañuelo de seda, tenue, casi aéreo, estampado con grullas o cerezas, disponible de mil maneras como al azar entre tonos crepusculares y voluptuosos. Bailar con un abanico encima de la mesa o encima del mismo Fabián. Tomar vino rosado en copitas longilíneas, campánulas con la boca en forma de beso, donde quedaba la huella del creyón de labios, y fumar en boquilla, por supuesto. A estas actividades y otras afines las llamaba ella «formar mi qué sé yo».

«Eres un paje perverso», decía rubiamente por dárselas de sofisticada y profesional, y le contaba en detalle –la voz trazada en ondas– todo lo que hacía con sus ocasionales Juanes y Pedros, tipos heterogéneos como los amantes de la lluvia.

Tras la puerta entornada, Camila contemplaba casi siempre el «qué sé yo» como si fuera el mismo espacio gelatinoso de las figuritas brillantes. Fabián, absorto, no se daba cuenta. La modelo sí. Doblemente satisfecha con la presencia de la Mirada, se abría un poco más mientras pensaba que aquel par de desequilibrados eran sus mejores amigos.

Sin considerarse un «radical ardiente», ni siquiera un radical, más bien entre risas, como revolcándose un poco en una de esas telas que de vez en cuando arma la vida, Fabián después de admitir en calidad de axioma lo inevitable, se había dedicado a darle vueltas y más vueltas al asunto de la «educación sin dogma». Tuerca y tornillo siempre en busca de la libertad, categoría –en griego «acusación», que coincidencia– sentida por él como demasiado oscura y provisional. ¿Libre de qué?, volvía a preguntarse. Había consultado algunos libros. No era cuestión de política, sino de puro enfado personal. La educación de los niños, pensaba, siempre estará dedicada a familiarizarlos con lo que sus mayores toman como verdadero, lo sea o no.

El hombre de la bata azul lo miró largamente mientras jugaba con el bolígrafo y en sus cristales se sucedían paisajes interiores y rápidos, poblados de pequeños monstruos suburbanos que parecían insistir en que lo inevitable también puede evitarse.

La función de la educación de los niños no es ni puede ser impugnar el consenso dominante con respecto a lo que es verdad. El hombre de la bata azul claro, no estaba al tanto, por supuesto, ni falta le hacía, bien situado como estaba en su terreno y con la cara también azul. Hablaba atropellando las palabras. Pero no. Eso fue más tarde, ¿a quién se le ocurre empezar por las connotaciones éticas del problema frente a un loco de rostro renacentista que se muerde los labios como invitando a? Aunque hablar en este caso de «problema» implicaba un desafío a la fe, una petición de principio. Bestia, más que bestia, bestiola. ¿Cuál era el consenso dominante? Ni idea. ¿Cómo educar así? Uno debe conocer al menos los rudimentos de aquello a lo que se opone, ¿no?

Camila había llegado algo agitada y le había dicho: «Tuve un accidente». A veces era feliz, a veces tenía accidentes, a veces las dos cosas. No escribía a su familia, ¿para qué? Mis personajes no tienen familia y no creo que la necesiten. Algunos lo miraban con lástima, casi todos con dureza. Con reprobación. ¿De qué lo acusaban? He ahí el consenso dominante, pensó.

La imaginaba pieza, trebejo de un increíble juego de irracionalidades por escaleras y corredores prohibidos, en lugar de limitarse al territorio digamos legal de la sala de espera. ¿Por qué lo habría hecho? Qué importaba eso. Uno a veces necesita inmensamente transgredir para no sentirse humo, para otorgarle algún peso a la existencia. Claro, sólo se trata de una ilusión, no hay que hacer alardes. Por momentos nada es tan chistoso como una sublime declaración de heterodoxia. El hombre de la bata movía la cabeza.

Nada de limitarse —esa es una mala palabra— y esperar el turno en la fila, ni evitar las drogas ni obedecer al policía de la esquina ni aprender a leer, escribir y sacar cuentas. Ninguna ley es inocente. Fabián solía comportarse de otro modo, no creas, fuera de su casa era casi siempre un tipo correcto. Pero ahora estaba molesto, con ganas de provocar, es decir, de imitar las provocaciones de otros cuyos motivos ni siquiera imaginaba. No pretendía erigirse en «conciencia crítica de la sociedad» ni mucho menos; sabía que ciertas actitudes, ciertos gestos, podían resultar muy inquietantes y punto.

Y es que la impotencia lo sacaba de quicio. Llevaban casi ocho meses en lo mismo, nadando como pelos en la sopa. Bibiana había renunciado incluso a su viaje a New York, con lo difícil que era obtener aquella visa. Fabián, como la amada inmóvil, no apreciaba los viajes (a las teorías de Copérnico, prefería el sistema tolemaico, cosas de viejo), pero sabía que la modelo sí y no era justo. Todo para robar mediecitas en las tiendas, la muy urraca, y acariciar el vientre, los senos de Camila, ser útil.

Sus pasos, los de Camila, debieron resonar de una manera diferente al constatar la soledad, la distancia cada vez mayor que la separaba de los que algunos, por consenso dominante, llaman «el sentido común». Así la veía él en los cristales de un hombre poco acostumbrado al desconcierto, de un hombre-piedra.

En ese horno de azufre tan lleno de íncubos y súcubos, con las fantasías de Paracelso, las bodas químicas y los ingredientes de las brujas de *Macbeth*, se cocina la nueva criatura óptima, el ciudadano modelo, el sacerdote impecable que baila como un ángel sobre la cabeza de un alfiler. Todo eso junto al Zaratustra aficionado que tú sugieres, y nunca se sabe, querido, quien va a saltar primero. De los guerrilleros y los *hippies*, por ejemplo, han brotado estos hijos conservadores que puebla nuestra generación, lo cual no es bueno ni tampoco malo. ¿Qué creías? Te veo ahora en versión completa, siempre huyendo de la censura, mi estimado diletante. Pero el hombre de los cristales no parecía interesado en escuchar la descarga alucinante de la educación sin dogma: si fuera mi paciente lo remitiría al psiquiatra a ver si le daban un buen fotutazo, ya lo creo.

Las historias se cruzaban, se interrumpían, formaban una red, una malla doble, triple pegajosa, difícil de leer. Un torbellino de la acción continua y la acción puntual que me llegó en jirones y nunca pude recomponer buscándole un sentido. Porque soy tímido, desmesurado (si lo prefieres, denso) y padezco de ansiedad. Me fascina figurar en mis inventos como las moscas en la comida vieja y los guajacones en el fanguito. A la manera de Laotsé.

La modelo se interpuso entre Camila Esteatopigia, el hombre de la cara azul y las dos enfermeras pintarrajeadas. Pero no hacía falta, concluyó Fabián, porque vivir no siempre vale la pena, es más, casi nunca. Se sintió patético y le dio lo mismo. A la modelo se le humedecieron los ojos. Asesino, le dijo. La sacerdotisa le advirtió por lo bajo que se dejara de ridiculeces; que ya todo resultaba bastante ridículo de por sí.

El hombre de la cara azul parecía a punto de perder la paciencia, de teñirse de verde para infinita diversión de Fabián por causa de esta tribu incordiante y escandalosa.

Antes de comenzar con la parte científica, la más seria de todas, avisó a otros hombres también con caras azules y apodícticas, bien serias, encargados de reprimir los suspiros y mantener el orden.

Los aparatos modernos de rayos X de alto voltaje, los cuales se emplean para el diagnóstico y la terapéutica, son capaces, dijo, de producir radiaciones de longitudes de onda comparables a las de los rayos *gamma* que emanan, por ejemplo, del *radium*. ¿De acuerdo? Desde luego. ¿Qué se le podía objetar? Otros sistemas, prosiguió, relativamente comunes… Fabián creyó ver de nuevo en los cristales a la sacerdotisa perdida en su templo… ¡Atención! Otros sistemas, decía, también productores de radiación, emplean cobalto-60, un emisor monocromático de rayos *gamma*.

¿Monocromático? ¿De un solo color? ¡Qué aburrido! «¡Asesino, asesino, esto lo hiciste tú porque esto era lo que tú querías!», gritó la ilustre niña.

Como era de esperar, la jerga la había impresionado y reincidía en acusarme. Allí no podía desnudarla y jugar con ella. Ni siquiera había llevado plumas. ¿Cómo explicarle entonces mi total incapacidad para fabricar un Mono Cromático de esos, primate homicida de la calle Morgue? Sólo lo comprendería a nivel epidérmico. Ni siquiera sabía dónde quedaba la calle Morgue.

Los gritos, los *flashes* y las escenas superpuestas lo instalaban de lleno en el acto fallido, en la coincidencia turbadora. De alguna era culpable, ¿cómo no serlo? Tan culpable de los productores de radiación como de la lluvia y de su nuevo amante, un personajillo bastante especial al que planeaba llevar al bosque tal vez esa misma semana.

Fabián, como ya sabes, ansiaba una comunión. Quizás por su insuficiencia central, por su condición algo romántica de mitad, porque no conseguía ponerse de acuerdo consigo mismo o por... en fin, no es mucho lo que he conseguido averiguar sobre sus móviles principales en este asunto. El personajillo bastante especial, por ahora sin nombre (vida secreta), estaba casado con una francesa y quería conocer Europa. Le gustaba perderse al caminar entre las multitudes como aquellos que de verdad aman las grandes capitales y no temen ser anulados. Lo más importante: *no era fanático.*

La bata azul claro insistía en hablar de betatrones y aceleradores no-sé-cuántos. La tribu incordiante y escandalosa había perdido el hilo del discurso y parecía a punto de perder todos los demás hilos. Bibiana no dejaba de llorar. Camila ensayó una sonrisa y le salió una mueca. A fin de cuentas el letrero lo decía bien claro: NO PASE. Pero lógico, los anarquistas... La modelo no supo por qué lloraba hasta que alguien le ofreció un vaso de agua. En el agua flotan todos los secretos como los huevos podridos. «Mi vecino está maldito, ha pactado, tiene *jettatura*», se dijo.

Las radiaciones, ya sean particulares o electromagnéticas, inducen ionización en las células vivas, todo el mundo debería saberlo. El tono, ¿era acaso de reproche? Seguro. El hombre de la cara no vacilaba en arremeter contra aquella manada de ignaros que tanto le disgustaba.

Fabián intentó explicarle que las restricciones previas, la socialización de los niños propugnada por Dewey, eran innecesarias para la auténtica educación sin dogma. Pero se detuvo a tiempo en la certeza de que la pedagogía y las radiaciones no tenían demasiado en común. Eran casi como el paraguas y la máquina de coser encima de la mesa de disección. Sólo podían coincidir en una historia desaforada como ésta. Lo fastidioso, se dijo, era que aquel tipejo abusaba de su poder para imponerle el tema de la charla.

No le había gustado pensar en la mesa de disección. Sobre todo porque la junta directiva del hospital, a pesar de su miedo o por causa de él, no admitía esas responsabilidades que a nadie se le hubiera ocurrido pedirle. «Si fueran millonarios, tal vez... pero, ¿quién va a pensar en exigir una indemnización a semejantes infelices?», pensó la modelo recordando los anuncios que ponía en NY el famoso abogado Israel Cohen. Para los infelices el diagnóstico era evidente, no se necesitaban exámenes hemáticos ni mediciones: la sacerdotisa se había sentado y todo. No, aquí no se puede fumar, lo siento.

La modelo lucía más serena. Si durante el transcurso de aquel año fallecieron en el edificio cuatro seres, tres con tumores diversos y uno, su propia abuela, con decadencia generalizada, nada de interpretaciones cabalísticas, después de todo en algún momento tenían que morir. Fingiría olvidar. Olvidaría. En el futuro podían aparecer opacidades en el cristalino. Aunque, en verdad, era poco probable. El hombre de la cara y la bata controlaba la situación con el poder inefable de los médicos.

Como si acudiese a una cita. Camila debió admirar la doble hilera de puertas cerradas que la situaban frente a las imposibilidades innúmeras de irrumpir en un espacio vacío, siempre improcedente. Imposibilidades innúmeras de saber cómo es que un espacio se vuelve improcedente. Sería peor: anomalías embrionarias, malformaciones múltiples, el tipo de cosas que paladean los médicos, pensó Fabián sin sombra de hostilidad. El feto estaba vivo, pero más le valdría no estarlo. En una cultura que practica el infanticidio, ¿quién va a defender los derechos de un feto?

Si mi familia se entera capaz que vengan todos a La Habana, son como quince, y armen un escándalo tremendo. Ellos sí que no andan creyendo en muelas extrañas: son unos cromañones que se mandan y se encaraman. Por suerte nunca se enteran de nada. A lo mejor soy yo quien no se entera de nada. Mis personajes, ya lo dije, no tienen familia: nacieron del aire, de los árboles, del fuego mismo.

«Había tenido suerte», dijo alguien. La ilustre niña alzó la vista y Fabián se sobresaltó. La suerte: tema prohibido, ojalá que esta muchacha no comience otra vez con la ópera. Sí, ella es muy afortunada, insistieron. Porque en general se desconoce el mecanismo exacto de la acción biológica de las radiaciones. Lo admiten, menos mal.

Uno es tan ingenuo que a pesar de todo le encanta ver radiografías del propio cerebro. Algunos, como la rubia, para asegurarse de que tienen cerebro, digo yo. Porque esa porción grisácea, arcilla palpitante, no se puede tocar por muy cerca que se encuentre, qué fastidio. A mí, por ejemplo, me gustaría tocar mi cerebro, debe tener pelusitas. Mis ideas tienen pelusitas, ¿no se nota? Los intestinos, en cambio, o el estómago, sí se pueden tocar en el supuesto caso de que a uno lo destripen y no se muera enseguida. Claro, da náuseas. Uno también se puede autodestripar con alegría, romper para conocer, para poseer como posee el niño que desarma un juguete. Para eso sirve la mesa de disección, ¿no es así?

Los hombres de las batas azules lo miraron atónitos. Sí, puede ser, aventuró uno con aire profesional y Fabián sintió deseos de partirle la cara. ¿Por qué le tiemblan las manos? Aquí no, espantajo, pensó Camila, aquí te inmovilizan, te amarran y te pinchan, no te va a gustar. Quién te ve con una camisa de fuerza. ¡Muy linda que te iba a quedar!

La continuación del embarazo no pondría en peligro su vida, pero se recomienda una interrupción, la cual puede ser definida e interpretada de muchas maneras. Existe una vieja fábula acerca de una mujer que no quiso ceder y llegó hasta el fin, según unos por cristiana, según otros por egocéntrica. La Cosa vivió más o menos tres años y la mujer no pudo soportarlo como hubiera deseado y enloqueció. El esposo y los otros hijos también enloquecieron, la casa se convirtió en un manicomio, y eso que eran ricos.

Los rayos trastornan el orden de la naturaleza, aunque, bien mirado, los rayos son también naturaleza. Todo encaja. ¡Rayos! Ya que no parece arrepentida no vale la pena preguntarse por qué lo hizo. Camila tal vez se creyó capaz de amar, como la protagonista de la fábula, las variantes libres, los cuerpos que cuelgan, los conglomerados imprevistos que los demás odian o temen por tendencia a la homogeneidad, por consenso dominante. ¡Qué gran personaje habría sido el (la) Zaratustra de las células rebeldes! Eso sí es espíritu de contradicción, fuera de juego.

Pero Fabián no estaba dispuesto, bajo ningún concepto, a admitir al bebé de Rosemary, quien, por el solo hecho de existir, anularía todos sus intentos de, resolviendo por sí mismo el problema de la educación sin dogmas. No podía concederme el extraño placer de envidiar a mi hijo, a esa incomparable criatura que por primera vez sentía como hijo. Rosemary estuvo de acuerdo o al menos actuó como si estuviera de acuerdo. Y firmaron los papeles que contenían la sentencia de anulación.

A veces creo que soy capaz de elegir, pero no es cierto. Como en los diálogos platónicos, cada elección es una falacia, un pretexto irrisorio para continuar la historia, para convencer de que no estoy loco. Pero cómo no sentir que todo pudo haber sido diferente, que la casualidad nos aniquila. Para Camila la tardenoche y la mañana resultante fueron vertiginosas, sobre todo para su cuerpo como caja de resonancia. La modelo no sabía qué más robar para ella. Muchos de los esfuerzos que hace el médico para tratar la amenaza de aborto pueden oponerse al intento de la naturaleza de expulsar el producto anormal de la concepción, dijo sin que viniera a cuento el hombre de los cristales salpicados.

III.

Con su corona de yedra

Rodearse de cortesanos, es decir, de tipos con aspecto de cortesanos. Fingir al brujo de pelo rizado y nariz atrevida frente a una jarra de cerveza que provoca reflejos efusivamente célticos. Perfeccionar un francés que a mí me parece ya perfecto. Contar historias como ésa del pájaro, el pincel y no sé qué otro disparate relacionado tal vez con cierto ideograma del siglo XVII. Tales son, según afirma, sus ocupaciones y no sé qué pensar del conjunto. No parece propenso a involucrarse en ninguna de las sectas que por desgracia ya conozco. ¿Y si en vez de la pluma, me pregunto, eligiéramos un pincel para acariciar? Quizás no se note la diferencia. En una de las páginas del *Arbiter*, si mal no recuerdo, alguien acaricia a alguien con un pincelito empapado de satirión (?) o algo por el estilo.

Ambos respiramos, por fin, el mismo gas de las burbujas que emanan de cierta pócima que yo mismo he preparado. Tiene varias capas (la pócima), algunas sumamente brillantes, un fondo pétreo, agrietado, un olor entre los muchos del bosque. Habita en una enorme retorta sobre la mesa de la cocina. Herminia se hubiera espantado, a Bibiana le hubiera dado asco y Camila hubiera permanecido indiferente. Él, en cambio, se ríe y comenta que soy el *barman* más extravagante que ha conocido. El alquimista. Me gusta ser el alquimista.

Ambos respiramos ahora el mismo soplo difícil donde también él quisiera perderse, dice, por estar lejos del sol y sus tentaciones. Lejos de mí. Siente miedo y yo adoro su miedo, pues a veces creo intuir lo que significa. Pero el sol no es un buen pretexto, le digo, fíjate en que la gente por ahí se ríe cuando lo evocas en el colmo de la desesperación, angustia del mundo o enfermedad mortal, fíjate en que no consigues explicarlo, mi amor, por más que te deshaces en palabras, manos y ojos. El sol –y no me refiero al cuerpo sino a la metáfora– es la razón secreta de los mudos, de los que no alcanzan a contar sus historias. De los que no llegan a tiempo o ni siquiera llegan a ese largo lugar donde deseo encontrarme contigo. Donde nos vamos a reunir para que suceda lo que temes, lo que en el fondo tú y yo sabemos que es ya irrevocable.

Los insomnios de la sacerdotisa, envueltos en sus noches como cajas blancas, transcurrían en una habitación aséptica de la Sala D, donde a metro y medio alguien se quejaba todo el tiempo. Quiero agua, sube el aire acondicionado, quiero otra almohada, baja el aire acondicionado, alcánzame la cuña, me duele aquí. Entre tanta incontinencia y disolución no era posible distinguir al fantasma que cumplía las órdenes de tan perentoria agonía.

Una negra de edad imprecisa se aferraba con obstinación a aquel desorden irritante en que se había convertido su vida durante las últimas y rápidas semanas de una metástasis, palabra que se le antojaba a Camila tan poderosa como para aniquilarlo o al menos poner en ridículo innumerables e interminables discursos.

Ella, la sacerdotisa, se había visto envuelta sin desearlo en una de esas habituales farsas también llamadas sin mucha gracia «conspiraciones de silencio». Nada veo, nada oigo, nada sé ni quiero saber. Sucedió cuando uno de los conspiradores, igualito al mismísimo Theobald Wolfe Tone, le proporcionó acerca del olor tímidas explicaciones que ella, nada exigente en materia de olores (nada huelo), no había pedido. La negra (¿y por qué una negra?) continuó siendo para ella, poco impresionable también, un ser de escasa importancia (todos los seres eran de escasa importancia) que hacía mucho ruido digamos que por gusto. Camila no la detestaba ni quería verla (olerla, oírla) desaparecer de una buena vez, porque se encontraba verdaderamente ocupada, como nunca antes, en sus propios asuntos.

Y es que el insomnio también puede ser uno de los estados del sueño, un pretexto para secuencias confusas, imágenes de la frontera. Sobre todo si habita en un hospital blindado que en realidad es un famoso centro de investigaciones, de cuyo nombre, te lo aseguro, no quiero acordarme. Ya hay bastante memoria dispuesta como el trapo sobre la jaula de una cotorra hablantina para cubrir uno de sus últimos anuncios, Cubanacán S. A., del servicio de rehabilitación integral (?), física y del lenguaje (incluyendo la mezcla de metros, yambos con hexámetros dactílicos a la manera del atarantado Margites y la copa del Néstor de Pitecusas, entre otras inscripciones, habría dicho Fabián como quien guiña el ojo), y la aplicación de moderna tecnología, sublime paparrucha. Porque el insomnio también puede ser mutilación y muerte, un error en el laboratorio, una aguja desviada, un fallo cardíaco, un saltar por la ventana y hacerse papilla contra el suelo de concreto, duro como le corresponde varios pisos más abajo. Todo eso allí donde los doctores, invisibles soberanos de Xibalba, recogen cuanto pueda servir –negras, sacerdotisas, veteranos de África, etcétera– para sus experimentos supersecretos y protegidos por hombres armados. Y si no crees en la existencia de semejante paraíso, mejor para ti.

Camila pensaba. No era un objeto o proceso susceptible de ser nombrado, como su funesta iniciativa de reordenar células en el hueco de un calidoscopio vivo, de un inasible calidoscopio, *ars combinatoria*, al que sólo tenía acceso un poder más ancho y ajeno, según parecían evidenciar los sucesos de la cama de al lado. O como el desapego de Fabián, en parte previsible por haber sido ella, en algún momento, *casi* lo que él esperaba: nada como un casi para incomodar a ciertos individuos. Aquellas circunstancias la habían conducido, en efecto, hasta el Castillo de If donde se hallaba ahora en medio de una atmósfera de incertidumbre y Wolfe Tone. Pero luego se habían hecho distantes como alguien que viaja en un tren cada vez más pequeño ante los ojos de una estación baldía.

Después del aborto... ¿para qué hablar de eso si en realidad no fue tan doloroso (ella había caminado hacia la mesa como los dos ladrones en dirección al Gólgota) y tampoco alcanzó a ver nada de los restos del Zaratustra, un varoncito o algo así, en la cubeta llena de algo sanguinolento?, ¿y acaso hay en nuestro tiempo, frase empalagosa, pensaba ella, un lugar mejor para los restos de un Zaratustra que cubeta llena de algo sanguinolento?... vino una extrañeza que no había conocido antes, la levedad y al fin la parálisis acompañada a veces de espasmos y jamás de culpas. Una inmovilidad móvil, inquietante oxímoron tan fuera de lo común por otras especificidades que no importa pasar por alto, que durante varios meses impidió a diversos especialistas, unos con caras azules y otros no, establecer un diagnóstico. De ahí el interés del Dr. K. Schilling, neurocirujano estereotáxico de cara azul y talento eminente en la transposición de Omentum Majus y en otras cosas, con el consiguiente traslado del simple y descuidado hospital de barrio al otro, poseedor de «una de las más sólidas y reconocidas experiencias internacionales en las novedosas técnicas quirúrgicas aplicadas en las neurociencias» y de un lindo jardín para engatusar a los tiernos.

Camila pensaba. Disponía de tiempo en abundancia, pues los corrientazos, inyecciones, radiografías, empastillamientos y demás, sólo se efectuaban durante las mañanas; la negra, al parecer conforme con sus propios aspavientos, no incurría por ningún motivo en pecado de TV, imán de canales extranjeros; y entre los presupuestos básicos del Dr. Schilling se encontraba aquél de que los pacientes, ésos que a la fuerza estaban dotados de la infinita paciencia necesaria para aguantarlo a él y a sus secuaces, carecían de espíritu o cosa parecida, eran puro cuerpo, muñecos a los que no había necesidad alguna de tratar como a personas, nada de hablar con ellos, por ejemplo. ¿O es que uno, humano ciento por ciento, *zoón politikón*, conversa con los ratones blancos o con los monitos de los modelos experimentales? Así la sacerdotisa se evitaba enojosos diálogos. El único que les dirigía la palabra de vez en cuando a ella y a los otros monitos era el gran Wolfe Tone, quien los visitaba todas las mañanas con su elegancia verde y sus instrumentos para extraerles la mayor cantidad posible de sangre. «¡Llegó el vampiro!», anunciaba.»

Camila, pues, se esforzaba en revivir y completar todos los aforismos que a lo largo de veinte años, «¡qué largo me lo fiáis!», había ido posponiendo. Al final de cada uno de ellos la esperaba la muerte, que no era otra cosa sino la muerte, sin más definición ni corolarios que colgaran como lombrices intestinales. Y la esperaba, además, la urgencia, o bien de encontrar un sentido que justificara el sacerdocio menos religioso de todos, el suyo, o bien de admitir con cada fragmento del ser —voces, fluidos, ideas— que no existe ningún sentido, ninguna trascendencia. No se trataba de adquirir felicidades parciales, que por metonimia llegan a constituir a veces toda la felicidad, sino de estar ahí con ellas, con las felicidades y las desgracias parciales. Con la promiscua combinación de todas ellas. Se trataba de vivir, circunstancia ajena a toda comprensión.

Cuando el cuerpo por su cuenta ha elegido morir hasta donde él puede, se plantea entonces la Disyuntiva, en buena medida cotidiana, implicada en el supuesto de que no sólo es cuerpo lo que hay. La Disyuntiva que consiste en colaborar o no con la muerte. Tengo las piernas heladas, pongamos por caso. Están insensibles y el frío continúa en ascenso. Ellos no lo saben, no saben nada sobre mí. Ya me he (han) despedido del baile, del sexo y de la bicicleta. No lo saben. ¿Debo pedir auxilio? ¿O debo permanecer en silencio? No hay a quién acudir en busca de esas respuestas. El hecho mismo de andar tras ellas es ya problemático en sí. El tiempo apremia. Y entonces...

La sacerdotisa no percibía lo irrisorio, lo casi indecente de su discurrir como puedes advertirlo tú, digo yo, por la sencilla razón de que era su destino y no el tuyo lo que parecía estar en juego. La cuestión no era adelantar una tesis filosófica, decir una última palabra, ni siquiera aparentar inteligencia o lucidez ante alguien. Ella estaba a solas consigo misma como «aquel particular» y aquellas meditaciones se le imponían pese a su aire *naif*. No podía sospechar la presencia de un observador, de un espía tal vez riguroso y crítico, capaz de coger, como quien dice, el toro por los cuernos. Por eso permitía generalizaciones, totalidades, deseos de autenticidad.

Su horario era más bien regular.

Por las mañanas se enfrentaba, es decir, se sometía a las agujas y a la electricidad. Le inyectaban con insistencia vitaminas, sedantes, enloquecedores y hasta colorines destinados a volver más nítidas y hermosas ciertas radiografías como retratos fantasmales que nunca le mostraban. La corriente eléctrica provenía lo mismo de una especie de raqueta de tenis colocada sobre la cabeza haciéndola sentir Ethel Rosenberg, que de una de las bandas mojadas alrededor de cualquier parte del cuerpo en disímiles posiciones, donde del placer de la cosquilla grácil nacían suavemente el dolor y la sensación gris a medida que aumentaba el voltaje. La PL, repetida diecisiete veces y conformada por lo indefenso de volverse gusano retorcido por no decir otra vez feto, la perturbadora visión de un pincho con el que uno preferiría no relacionarse y el impulso-diablito, desvanecedor de surcos y misterios allí donde no llega la anestesia, lo resumía todo. Sí, lo admito, a veces soy muy sensible a esas cosas. Enseñarme ese artefacto y preguntarme entre risas si me gustaba clavármelo en la columna como si tal cosa fuese, cuando menos, una crueldad inútil: yo hubiera confesado de entrada que quien se mueve es el sol y no la tierra, cómo no. Camila, incapaz de la más mínima protesta, era una paciente ejemplar. Lástima de buena salud, pues todos los exámenes resultaban negativos. Hasta cosmonauta hubiera podido ser de habérselo propuesto.

Por las tardes, de regreso en camilla a la habitación, se decidía a favor de la vida, es decir, de su vida. Esa desconocida. Creía durante varias horas en el Dr. Schilling, cuya sapiencia septentrional y algo dórica, desprovista de ñoñeces y sentimentalismos mediterráneos, le vaticinaba una resurrección. Sentía vibrar los dedos de las manos, las rodillas, los hombros. Sentía que podría levantarse, caminar, saludar al público entre ovaciones. Porque volvería a la escena, de alguna manera tenía que volver a ensayar maquillaje, lentejuelas, máscaras. No en la comedia, desde luego. Nada de parodias, travestidos ni burlescos. ¿Qué más *quiproquo* que el de todos los días? Alguien la había comparado una vez con Giulieta Massina. Y eso, qué horror, le había parecido un elogio. No podía repetirse, no. Fuera la payasa triste. Abajo la Pierrette abandonada con sus espejitos y pelucas regados sobre el *box-spring*, con su botella de láudano y sus comisuras caídas a falta de admiradores con ramos de rosas y paseos en yate. Camila deliraba. Jamás había visto una botella de láudano, pero esa y otras extravagancias entraban por la puerta ancha de la imagen que ella se hacía del gran teatro, grande por lejano en el tiempo y en el espacio, por inscrito en un mundo que hoy nos parece teatro todo él. Abajo Talía, continuaba, la loca falsa con su corona de yedra. Lo suyo era la tragedia, ¿cómo había podido ignorarlo tanto? Estaba hecha, pensaba, para el cetro roto y el puñal ensangrentado de Melpómene, los majestuosos espectros, la sonrisa para siempre del protagonista que sufre por lo alto en su última aria. Incestuoso y parricida. De vuelta al templo.

Alguna vez, años antes, se había interesado la sacerdotisa en algo más o menos fuera de moda que prefirió llamar «teatro total», pues no le parecía del todo absurdo ni del todo cruel. Una tragedia (o una comedia) otra entre otras, ajena lo más posible a los festivales de Atenas, con personajes hundidos sin vocación ni poética ni deseos de nada especial en una eternidad cíclica y al fin extemporánea, sonámbula, astral. La clave (una de ellas) radicaba en el claustro, en las ataduras imperceptibles que iban tramando un final de partida para un par de tipos jodidos y tristes por chantajes y rinocerontes, siempre a puertas cerradas, donde el infierno eran los otros o la noche interminable de los asesinos. Le habían gustado esos aires nada clásicos de permisibilidad, de vejez deliberada y telaraña siglo XX. Quizás era allí donde debía buscar un sentido, se decía, de la misma forma en que se espera a Godot, como quien no espera ya a nadie porque sabe que nadie vendrá.

Por las noches prefería la muerte sin ilusión dramática. Dejarse ir y punto. Comparaba sus proyectos con los objetos que la oscuridad tornaba deformes antes de engullirlos. La Mirada resbalaba entonces por las paredes claras, las mesitas de noche, los balones de oxígeno, las sondas, los butacones, la TV, las extrañas fieras de un extraño zoo. El Dr. Schilling se divertía de lo lindo en la claridad del corredor. Todopoderoso de nuevo, jugaba con ella a esperanzarla. Dentro de un momento vamos a saber por fin qué es lo que pasa con esta ratica, qué es lo que no funciona. Siempre con el sádico propósito de hacerla caer más tarde en un agujero semejante al de las pesadillas. ¿Para qué sirve el poder si no se ejerce? Depende de lo que entiendas por «ejercer». ¡Vaya pregunta tonta! El poder me sirve para mantenerte ansiosa, para ver cómo me observas espantada cuando finges dormir y yo revoloteo alrededor de tu cama como un buitre. Eres mía, ratica, puedo hacerte lo que se me antoje, no lo dudes, puedo acabar contigo cuando yo quiera. ¿De qué te vale creerte que tú también puedes tener ideas?, imaginaba la sacerdotisa que le decía él. Un criminal correcto, impecable, ese era el tal Klaus (ya estamos en el centro mismo de la confianza que paradójicamente deparan estas relaciones) con su cara azul y su temperamento bilioso. Y ella, cómplice. Cómo no. Date cuenta, ratica, de que no eres una persona en el sentido recto de la palabra. Eres una cucaracha. ¿No lo sientes de vez en cuándo? ¿Nunca te lo habían dicho? Un grano de arena entre todas las playas del mundo, un gorgojo entre quinientos quintales de arroz. Eso eres.

Así pensaba Camila y en su embriaguez por un camino que puede conducir a la calma y, ¿por qué no?, al placer, llegó a considerarse fuerte y osada en algún sentido. Sin contar el hecho, se decía, de que hay que morir de todas maneras algún día. Todos mueren. No existe nada más seguro ni más obligatorio. Mejor alegrarse entonces por la posibilidad que tiene a veces el paciente, el gorgojo, de evitar el dolor y la sensación gris. Retomaba a los tópicos sin darse cuenta porque la muerte no era más que su propia mitología: *izonpantli*, catrina, guadaña, convidado de piedra, lugar común. Un insignificante vacío o más bien lleno por el Miedo. Un tema difícil que en lugar de prosa tal vez precise versos formularios o silencio en virtud de lo que dijo no recuerdo ahora quién.

El principio de la muerte de hielo, esa que sube por las piernas o entra por los pulmones en algunos cuentos de Jack London, se parecía al principio de un sueño, de una canción de cuna. Y era agradable saberlo justo en una habitación donde había metástasis y también insomnio.

La inconcebible fabulación.

–No, aquí no me gusta. Demasiado… ¿Cómo decirte?… Demasiado geométrico, casi cuadrado, ¿no te parece?… Está bien, oblongo. Si me gustara como yo sé que puede gustarme, te hubieras despertado amarrado y con un *tape* en la boca, te hubieras despertado en el infierno… ¿Acaso tú sabes qué fue lo que tomaste anoche?… ¡Ah! Te lo digo: pócima con burbujas. Un invento mío, un brebaje, un caldo primigenio para envenenar a todos los bobos que andan por ahí tomando todo lo que les dan. ¡Por poco te conviertes en burro, como Lucio, tú sabes… No sería el primer *show* que presencian… bueno, quienes presencian los *shows*… No claro que no está tomado ni tiene ruidos extraños, y déjate de paranoia conmigo que tú no eres político ni nada de eso y en este país a los únicos que les interesan tus conversaciones privadas es a los maníacos telefónicos así como yo… Bueno, bueno, eso se lo cuentas a tu psiquiatra. Como te iba diciendo, más urbano y más civilizado no he podido ser. Todo honor y pulcritud como una institutriz inglesa. Y no es por lo que tú estás pensando, que desde aquí te veo, muchachito… No te proyectes, hazme el favor… Eso no me importa para nada y tú, mi amor, deberías saberlo mejor que nadie. El solo hecho de tener que decírtelo, baboso por demás, me aburre infinitamente y me dan ganas de irme de vacaciones por un año. Un año, fíjate bien. Y en Cayo Largo, Varadero o algo así, no vayas a creer. En Saint Thomas. Unas vacaciones bronceadas y caribeñas. Maravilloso, ¿verdad?… ¿En serio?… Claro que puedo. Creo que si vendo todo esto, lo que hay aquí, dentro del cuadrado maligno, tendríamos algo con que contar. Entre el apartamento y los cuadros nada más, alcanzaría para… ¿Los cuadros? Tú los viste… Claro que son originales. Originalísimos. Amelia, Lam, Portocarrero, Martínez Pedro, Abela, Ponce… ¿Cómo que Ponce no? ¿De qué tú estás hablando, mi amor?… No seas *snob*… Hay rejas por todas partes, no sé si son para que los ladrones no entren o para que yo no salga. Las pusieron ellos. Ellos son así, les encanta poner rejas. También tengo un arma... Sí, tengo un... era jugando. No tienes que tomártelo todo tan a pecho. A ti no te voy a disparar, soy incapaz de semejante bajeza... Mira, si entran los malos, yo me hago el que no estoy y punto. Pero eso no va a pasar, bobo, eso nunca pasa... De todas maneras no puedo hacerlo de un día para otro, tú entiendes... El problema es que no tengo los papeles. El carro, por ejemplo, ni siquiera puedo utilizarlo. Tendría que llamar al chofer, a él no le molesta para nada que yo lo llame... Bueno, tú sabes, yo soy un tipo carismático... Olvídalo. Ellos no quieren, enseguida empiezan las suspicacias y no es cosa de que el muchacho pierda su trabajo. ¡Tú no los conoces!... ¿Tú tienes licencia?... Haberlo dicho antes... Así sí, porque mientras tanto está criando moho allá abajo en el garaje, mira tú. Y con los cuadros la cosa es un tin más complicada. Dicen que tiene que ser a través de una galería, porque si no te decomisan o algo así... Por el asunto ese del patrimonio, son de uno pero en *realidad* no son de uno, yo no sé muchas de esas cosas. La verdad es que nunca había pensado en venderlos, eres tú quien me sugiere ideas iconoclastas... Ellos no me tienen confianza, nené, me tratan como si yo fuera la bomba atómica... Ríete, no está mal, ríete. Celebro tu risa. La aplaudo y le canto a ella misma... Yo, amor, el hijo de La Habana... Ya que lo de las vacaciones no funciona y que, como tú dices, no podemos ser Louise y Thelma, aunque yo, con tu permiso, considero que si uno se esfuerza todo es posible, pero en fin, volviendo a nuestro asunto... No divagues, que no te vas a escapar... Sí, sí, ya sé que soy asombrosamente discursivo, tus ironías no me afectan. Te decía, corazoncito, y creo que nunca deja de venir al caso, que lo innecesario, es decir, lo Innecesario, cansa con cojones y que eso también deberías saberlo tú, que eres escritor y eso... Sí, tú mismitico... Me entiendes muy bien, querido. Aquí me siento como si estuviera de paso, pero por tiempo indefinido. Como si viviera en el pueblito ese de *Calle Mayor*, en una especie de Vetusta que se va convirtiendo en polvo. Soy alérgico, no puedo soportarlo… No me interesa aprender a vivir sin ilusiones. Es más, pienso que eso no es más que una frase que inventó algún tipo con ganas de hacerse el interesante, el que está de vuelta, el argentino. Los tipos así suelen ser los más ilusos, ¿de dónde si no crees tú que salen las frases y las citas? Yo, al menos… Como quieras. Lo que te iba diciendo, me siento como alguien que espera un tren que se lo tragó la tierra, un tren desbarrancado, y estoy empezando a echar raíces, a convertirme en un árbol del bosque sacrílego, del bosque de la noche en medio de la ciudad. No puedo respirar. En resumen, me siento… No son metáforas, mi amor, aquí el de las metáforas eres tú. Hablo en sentido recto… Bueno, citas, pequeñas citas que a lo mejor va y te convencen. Ya que estoy hablando contigo… Sí, soy inconsecuente, soy todo lo que tú quieras. ¿Y qué? ¿Nunca te vas a aburrir de describirme?… Ya sé que un árbol no está mal. Un árbol. Qué bien, un árbol. Puedo ponerte, por ejemplo, a salvo del sol… ¿Indirecta? No, mi amor. Te estoy acariciando… ¡Y volvemos a lo mismo! ¿Por qué no cierras el pico un rato y me dejas explicarme y explicarte en paz y tranquilidad?… Si hablo mucho, lo cual es más bien relativo, es porque tú me obligas. Siempre me he preguntado cómo se sienten los tipos que hablan en la ONU, ¿sabes?, a lo mejor un día se me da la oportunidad de echar un discurso sobre cosas importantes. Mientras tanto, no sé… Sí, porque tú también hablas cantidad. Claro, es tu oficio y por eso te crees justificado. Hablas muchísimo. Te alimentas de palabras, vives de palabras y siempre estás buscando palabras por todas partes. Me recuerdas al hombre del muñequito ese que estaba lleno de palabras y se ponía a hablar hasta que se le acababan las palabras y se moría desinflado. Tú te vas a morir un día desinflado si yo no te rescato. En cierta forma yo me sacrifico por ti, mi amor, yo soy tu Alcestis… ¡No jodas! Tan alardoso y en el fondo eres un gran ignorante… Pues sí, un sublime ignorante. Me tienes un poco harto con eso de la cultura cubana y todos sus Reginos y sus recetas de cocina y sus historias de las tendencias anexionistas y sus… ¡Vives parado debajo de una palma y un día de estos te va a partir un rayo!… Sí, eso también es verdad. Dices cualquier cosa no sea cacofónica ni tenga gerundios ni adverbios terminados en «mente». Si sigues por ese camino no sé a dónde vas a ir a parar con tu ansiedad narrativa que no te permite poner el adjetivo delante si no es enfático porque eso es un anglicismo y el ritmo o el no sé qué del español es otro y así todo. Estás muy traumatizado… Sí, te observo y te vigilo. Te cuido, mi amor. A tu pesar… No confundas las cosas… Eso ya lo hablamos. ¿Ves cómo eres tú quien se repite?… Lo estás enredando todo… Te dije, si mal no recuerdo, que no sé nada, que soy un desconsiderado y un monstruo, que soy un desalmado y un sátrapa oriental, pero no sé nada. Ahora bien, puede que no regrese nunca o pude que vuelva mañana. Si regresa y yo, por culpa de alguien que no voy a decir quién es, todavía estoy aquí, por supuesto que la voy a dejar quedarse… No tiene dónde vivir, tú sabes, y por muy ridículo que te parezca, ella es mi mujer… ¡Coño, tú estás casado! ¡Deberías entender!… Mira, a mí ella no me molesta en absoluto y a ti tampoco debería molestarte… ¡Qué privacidad ni que ocho cuartos! ¿No te das cuenta, querido, de que soy yo el que no quiere seguir viviendo aquí? Odio este lugar. ¿No te das cuenta de que eso es lo que llevo un siglo diciéndote?… ¡Pero serás payaso? ¿A qué viene eso ahora? Te salvas que no te creo ni media palabra. Celos ni celos. A buena hora mangos verdes… Como tú comprenderás, no puedo matarla, sería el principal sospechoso. En cambio tú, bien que puedes. Nada te relaciona con ella… No, sería así si me mataras a mí, cosa que no harás por el momento, pero si la matas a ella, no. Ni la policía puede suponer que existen individuos tan anormales, tan aberrados como tú. Entonces, le retuerces el pescuezo y aquí paz y en el cielo gloria. Después yo mato a Cécile y no van a sospechar nada, pues nada me relaciona a mí con ella. ¿Qué tal?... Creo que me voy a meter a guionista de cine. «El extraño caso de las dos brujas»... Bueno, si ya la conoces no importa, considéralo un *remake*... Espérate, mira como sigue. Dejamos pasar un tiempito para por si acaso, tú sabes cómo es eso. Luego nos casamos tú y yo, es decir, yo contigo y tú conmigo. Por la Iglesia y todo, creo que si le pedimos una licencia al Papa él no se pone bravo, he oído decir que el polaco no es del todo mala persona... Sí, ya sé que otras iglesias sí lo hacen, pero no aquí. Además, no nos pega. Somos hispanos, somos católicos. Tú y yo, vestiditos de blanco como dos vírgenes inmaculadas. Para ese día me voy a rizar el pelo y tú a ver si te peinas, que pareces un grencho pelúo. Luna de miel en Saint Thomas, ahora sí. Porque se supone que ya vendí los cuadros. Y si quieres, después podemos seguir viaje rumbo a Levante, a Venecia o a Capri, como tú prefieras. Nuestra eterna primavera, ¡qué lindo! ¿Te lo imaginas?... ¡Ah, no! ¡Mira lo que te preocupa! ¡Qué bobo eres! Eso no es problema, muchacho. Si llama dos veces no le hacemos caso, como si llama cuatro. Lo dejamos afuera hasta que se canse y se vaya, qué cosa... Sí, en eso tienes razón. Estoy loco. Muy loco. Tu risa me enloquece, mi amor... ¿Sí? Qué bueno. Yo también... Mucho mucho, ¿no te lo había dicho?... ¡Ja! Vestido... Bueno, no tan vestido... La bata de baño, la de felpa... Arriba del buró... Más o menos... ¡Ja, ja! ¡Mira que tú eres sucia! Me das asco. Nunca conocí a nadie que me diera más asco que tú... Eso, puta, no te lo voy a decir por teléfono. Si tanto quieres saberlo ven hasta aquí para que lo compruebes por ti mismo... Está bien, hoy a las nueve. Así de paso hablamos de lo que me interesa, es decir, hablo yo y tú me escuchas... No fue eso lo que quise decir, tú lo sabes. No te pongas a hacerte el inseguro, que no te pega… Me interesa todo lo tuyo, mi amor. Todo. Yo me estaba refiriendo a… Exacto. Eso mismo. No sé qué es lo que más me gusta de ti, si tu perspicacia o tus cambios de humor. Eres súbito, fascinante, en serie. Te adoro. Cuídate. Un beso.

–Oye, espérate. No entiendo nada de lo que estás diciendo. Sácate lo que tengas dentro de la boca.

Los héroes trágicos que la sacerdotisa había elegido para sí durante las tardes bocarriba se confabulaban ahora como espíritus burlones para hacer la situación aún más grotesca. Porque a Electra le sienta el luto, pero no los mil y un detalles, degradantes en opinión de Camila, que resultan de ciertas enfermedades poco solemnes. Así los temblores como de un saco lleno de gatos lanzado al agua, baile indetenible en el instante del arañazo y del ojo saltado que precede al ahogo; así el desconcierto, las palpitaciones, el color de arena sucia, de pergamino umbrío por la pena casi bruno en una cara que apenas lograba, entre espasmos increíbles, retener consigo los ojos bajo la cascada de sudor, brillo y pelo enmarañado; así una mano como garfio que sujetaba a la otra para que no diese un bandazo y derribara la jarra de agua; así, en fin, el aire demencial de un día sin sedantes propuesto por el Dr. Schilling «a ver qué pasa». Hasta la negra había hecho mutis y la miraba azorada besando el collar de Yemayá cada cinco minutos.

De manera que, sin ningún tipo de ayuda, es esto lo que soy. Es ridículo, se atormentaba todavía más la sacerdotisa en pleno furor profético sin nada que profetizar. Pierrette de los espíritus hasta más ver, cuando no resto de actriz disecada, esqueleto alegre, despojo de alcantarilla.

Con esta danza endemoniada de *Pater Noster* al revés y aullidos a medianoche, ¿quién puede llegar a ser rey, obispo, mariscal o Ana Bolena? ¿Quién puede firmar contratos, dejarse entrevistar, ser fotografiado o regalar un autógrafo? ¿Quién se atreve a aparecer en público si no es bajo una luz apropiada, un montaje expresionista, sólo en el circo o en el museo de los horrores?

A muchos les gusta jugar a que los impresionen y los asusten y los hagan gritar, el terror les produce una agradable sensación de vértigo. Pero los bichos raros encargados de tan divertida misión terminaron sus muecas y piruetas muchas veces en la hoguera junto a los herejes de diversas herejías, las brujas y los libros y pinturas de las personas sabias y progresistas. La tradición del coco deja mucho que desear, el oficio no es recomendable. Con esto de la Nueva Historia hace tiempo debió registrarse la de los espantosos, los que parecen demasiado distintos del resto y suelen, por tanto, ser juzgados como embajadores del infierno, compendios de toda la maldad visible e invisible que existe sobre la tierra. ¡De la que se libró mi pequeño Zaratustra!

Camila casi lloraba cuando Wolfe Tone se le acercó de lo más diplomático y rebosante de cautela para anunciarle en voz baja y sibilina que tenía para ella una llamada telefónica de su hermana Beatriz. ¿Aceptaba ella la llamada? Quizás debería hacerlo. A juzgar por la voz, la muchacha parecía muy preocupada y hasta el momento era la única de su familia que había dado de sí. (Sin duda Wolfy olvidaba la interdicción más o menos severa que pesaba sobre las visitas. El Dr. Schilling era un antisocial). Si la sacerdotisa lo deseaba, él podía pasarle la llamada a la extensión de la mesita de noche y hasta sostenerle el auricular para que no le fuese tan incómodo el diálogo. Camila lo miró perpleja: Wolfy era un vampiro bondadoso que creía en los valores familiares.

Sin embargo, por más que escarbaba en su memoria, bastante maltrecha por aquellos días, la sacerdotisa no conseguía recordar a ninguna hermana suya llamada Beatriz. Sus hermanas, pobrecitas, tenían nombres poco humanos, nombres parecidos al de ella, a ese que había cambiado al llegar a La Habana y que prefería olvidar.

¿Qué nueva travesura se proponía el Dr. Schilling? ¿Hasta dónde pensaba llegar? Con aquel nazi había que andar a cien ojos y los dos suyos parecían a punto de abandonar las órbitas. ¿Beatriz, no? Observó detenidamente a Wolfy, quien sonreía con la mayor inocencia del mundo, como debe sonreír todo conspirador que se respete. ¿Estaría involucrado? La sacerdotisa no incurría casi nunca en curiosidades ociosas y el momento no le parecía del todo adecuado para jugar. Pero, tras un instante de duda que se prolongó en otros instantes de prueba para la paciencia del sonriente, creyó que no debía mostrar su miedo ante las personas en cuyas manos estaba. Por el contrario, debía comportarse como si creyera en sí misma. Dignidad ante todo. Sangre fría como las ranas, respiró hondo para darse ánimo y aceptó la llamada con las condiciones que ofrecía Wolfy, quién asintió complacido.

Llevó su audacia (o su ansiedad la llevó) al extremo de hablar primero:

—¿E-rres dú, Beatriz? ¿Gó-mo es-dás? De es-gu-sho.

Dentro de la boca, por desgracia, no tenía nada que pudiera sacarse, sólo unos dientes fríos y mercuriales y una lengua temblona que le hacía especialmente difícil y doloroso balbucear aquellas estupideces. Semiparálisis, otra deficiencia como tantas de las que no convienen a Electra ni a nadie.

Wolfy, beatífico, sostenía el auricular según lo pactado, cuando la sacerdotisa se echó a reír (¿Imaginas esa risa?) y le explicó a su hermanita, para asombro del conspirador, que ahora se dedicaba a cultivar la guturalidad como elemento esencial y harto significativo de su nuevo estilo, enteramente paleolítico, y que si no entendía nada mala suerte, ha-bla dú, Bea-drriz, oi oi-go.

Beatriz, como una avalancha o un *fauve*, le contó con trazos rápidos y vibrantes su odisea por diversos hospitales de la ciudad, otras tantas isletas imposibles a los cartógrafos de la aventura urbana, donde nadie parecía saber nada de Camila y en general, nada de nada. Varias veces había estado a punto de perder el rastro y las ojeras le llegaban a los pies, e incluso más allá. Estaba horrorosa. Sus múltiples desventuras con la burocracia, a la que oponía una fe tan inquebrantable como histérica, semejante a la que debió animar a un cristiano de los primeros tiempos enfrentado al malvado Diocleciano y a las fieras del Coliseo (la referencia no era suya, era de Momsem, creo) la habían conducido por fin, hecha talco pero viva, al milagro, que en este caso venía a ser la garita de Rambo, el guardia de la entrada principal, desde donde le hablaba ahora, casi tan cerca que era una lástima no poder subir a verla. ¿Qué le habían hecho a su hermanita en ese lugar horrible? Hasta el jardín parecía siniestro. ¿Qué le habían hecho? Eso de la guturalidad no le había gustado nada. ¿Desde cuándo nadie le daba un besito a Camila? Pero Rambo era ceñudo y más incorruptible que Robespierre, no aceptaba carantoñas ni una botella de Havana Club a cambio de dejarla colarse. Lo más, le había permitido hacer la llamada sin importunar demasiado, y eso porque llevaba puesta una bata de médico. Robada, claro. Fabián, el muy cínico, no había querido acompañarla en su pesquisa a pesar de que ya estaba rodando el carro otra vez, con aire acondicionado y todo, lo que se dice un señor. Y mira que Beatriz le había insistido, pero nada. ¿Estaría perdiendo sus dotes de seductora? Al parecer, Fabián andaba en algo con alguien, alguna piruja seguro. Beatriz no iba a rebajarse a espiarlo, sobre todo ahora que estaba aprendiendo a conocerlo. Con tanto corre corre de un lado para otro y su trabajo que no podía dejarlo porque imagínate, lo cierto era que lo veía muy poco. Pero su hermanita Camila no tenía que preocuparse ni caer en estado de angustia existencial por tan poca cosa. Cuando saliera de ese lugar horrible, porque iba a salir pronto, ¿verdad?, se mudaba con ella para su casa, que ella la iba a cuidar mejor que nadie y más ahora que su abuela se había muerto y estaba viviendo sola. En su casa Camila podía tener una habitación propia. Y al hijo de puta de Fabián no había ni que mirarle su cochino hocico. También le traía un pastel hecho por ella misma y un libro que le había comprado en el Segundo Cabo y que debía estar buenísimo porque, para ser un libro, le había costado bastante caro. Eso, sin hablar de la matazón para comprarlo. Aquello parecía un congreso de paleontología o una versión para *uso nostro* de la Bolsa de Tokio, hasta repartían ron a los lectores más desaforados. Pero Beatriz sabía que su hermanita tenía el feo vicio de leer y que, además, debía estar muy aburrida en el hospital ese tan exclusivo sin poder salir a ninguna parte y ver caras nuevas. En fin, Rambo ya la estaba mirando con mala cara. ¿Por qué Camila no le pedía a alguien de confianza que bajara a buscar el pastel y el libro? ¡Ah, se le olvidaba! Lo de Beatriz, alias «la Intrépida», había sido para actuar con sutileza y despistar al enemigo. Incluso llevaba gafas oscuras, ¿no había quedado bien? Si Camila aún no se había emancipado la semana entrante, Beatriz volvería al ataque.

Wolfy se frotó el brazo del auricular convencido de que tal cantidad de palabras era prueba inconfundible de la más perfecta sororidad del planeta y bajó sigilosamente a cumplir el encargo en nombre de la familia. Al regreso se ofreció para leerle a la sacerdotisa aquella misma noche el cuento que ella escogiera, pues se trataba de una antología de «novísimos cuentistas cubanos» y él estaba de guardia hasta el amanecer. A Wolfy, como a Sherezade y a la alegre banda florentina y a los peregrinos de Canterbury y a los perros del *Panchatantra*, le gustaban los cuentos. Le gustaban de una manera si se quiere ingenua. Si eran «novísimos», mucho mejor. Desconocía por completo las falacias de los críticos y era vulnerable a las tretas editoriales, aun a las más burdas. La novedad, para él, que vivía dentro de ella, tenía olor a éter y a computadora y a ropa limpia y a refresco de uvas, el rostro meticulosamente afeitado y las manos largas y finas del Dr. Schilling, el sonido de algún canal extranjero: *New Age Music* o violencia fílmica, los pluralismos y la CNN. ¿Para qué hablar entonces de sus preferencias literarias? Basta con saber que las tenía.

—¿Gó-mo se ia-ma el li-brro?

—Bueno, aquí dice… —Wolfy volvió a bajar la voz— *Los últimos serán los primeros*. Eso está en la Biblia, en el Sermón de la Montaña, me parece.

—¡Gó-mo dú sa-bes! Me vas a le-err, si es-dás de agüerr- do, el úl-di-mo güen-do, gue de-be ser, si lo di-jo Gris-do, el me-jorr.

Camila se sintió de repente muy bien. Todo lo bien que puede sentirse un náufrago que no quiere serlo cuando descubre una mañana la huella de Viernes y olvida al punto todas las ventajas de la soledad. Es el instante de posponer una vez más el ajuste de cuentas con uno mismo, pues el sentido tan buscado parece estar ahí, al alcance de la mano. La persona que amamos regresa arrepentida, el placer estético se transforma en experiencia mística y la ecuanimidad tan difícilmente conseguida se va a la mierda, Incluso llegamos a convencernos de que no ha sucedido nada, de que *siempre* ha sido así y lamentamos nuestros rencores y nuestras veleidades filosóficas, tan innecesarios.

Wolfy, a veces imprudente, le comentó admirado que su hermana Beatriz era una de las mujeres más bonita que él había visto en su vida y que la verdad era que ellas dos no se parecían en nada. La sacerdotisa sonrió tanto como se lo permitían los músculos tensos del rostro y, para premiar al bondadoso conspirador, le regaló el pastel.

IV.

De seductor gótico o de virgen fatua

Él escribía.

Llevaba muchos meses huyendo, cierto, pero no conseguía precisar la causa de su miedo. Tal vez no quería hacerlo por no sentirse abocado a tomar una decisión cuyo alcance no pudiera prever. Leía libros pendientes, todos los tomos de Balzac que había dejado pasar de largo. Iba a la Cinemateca a ver películas pendientes, las que pusieran. Se reunía de vez en cuando en algún bar con sus cordiales enemigos para chismear, hablar de literatura, a veces de política y constatar cuán superior era él a todos ellos. Se acostaba con Cécile por la mañana y con Fabián por la noche. No todas las mañanas ni todas las noches. Siempre fuera de sí, siempre errático y sin permitirse el autoanálisis, siempre acosado por una misma sensación de extrañeza, de lejanía, como alguien que escucha rumores en el desierto.

Al principio creyó que se trataba del libro que escribía entonces, una aventura tan inevitable como el efecto de la gravedad, hecha más de sobresaltos, tachaduras y cuartillas rotas que de seguridades o pactos deshonrosos: su primera novela.

Hasta entonces sólo había escrito cuentos, narraciones mínimas casi siempre eróticas –en el fondo no sabía de otra cosa, ya le habían dicho que era un «sublime ignorante»–, por lo general insuficientes y tan dictadas por la casualidad que a menudo iban a parar a la basura o a las antologías. Jamás se le había ocurrido reunirlas todas en un libro y enviarlas a alguno entre tantos concursos. «Yo no tengo cara para eso», decía. Pero ahora —ya había cumplido veintiséis— necesitaba, según él, liberar energías, abrirse espacio, deshacerse de un par de fantasmas y de muchos kilogramos de papel impreso mal digeridos. En otras palabras: necesitaba reparar la insuficiencia, ascender (?) desde lo casual hasta lo necesario.

Sin embargo, cuentista al fin —no hay nada que decir acerca de sus babosos ensayos sobre *Oppiano Licario*—, casi por instinto temía expandirse y proliferar en páginas y páginas, no poder contener la historia (había una historia) ni mucho menos su(s) sentido(s) dentro de ciertos límites que le permitieran ser. Temía olvidar, equivocarse en la cronología o en el color del cabello de alguien (Sophie, la rubia de Fielding, había resultado ser la feliz poseedora de una deliciosa cabellera negra, eso, por no hablar del rucio perdido en Sierra Morena), temía equivocarse en algo que aún desconociera, en algo sin nombre. De más está decir que no era estilista, circunstancia que le ahorraba muchas otras preocupaciones.

Llevaba ya escritos los tres primeros capítulos, una suerte de apertura donde habían sucedido, según él, demasiadas cosas para tan pocas páginas. Aunque en realidad no eran tan pocas páginas, sobre todo si tenía en cuenta el voluminoso macuto de cuartillas sobre la cama. Los incidentes se amontonaban allí como bagate-las en un bolso de mujer y los personajes, sacando la lengua a la manera de Panurgo, se le escurrían por los afluentes sinuosos de un río cada vez menos transparente. Le gustaba la proximidad del medio juego. (De Fabián provenía ese gusto, harto dudoso, por las imágenes ajedrecísticas). ¿Sería él un buen novelista? ¿Podría llegar hasta el fin? ¿Es el buen novelista quien sabe llegar hasta el fin o quien sabe detenerse a tiempo?

Una historia apretada, ansiosa por transcurrir, ramificarse y parecerse a sí misma, pesaba sobre él, pero sin alcanzar a cubrir de sombra ni mucho menos todos los rincones soleados y calurosos de su vida. Si por aquellos días alguien (un suponer) le hubiese preguntado «¿Y tú quién eres?», a él jamás se le habría ocurrido responder «Soy el que escribe». Él era cualquier otra cosa, él ni siquiera sabía lo que era y no quería saberlo porque eso tenía que ver demasiado con su miedo. Él escribía.

Él escribía, además, con todo el placer, la inocencia y hasta la pirotecnia (no rechazaba nada y la escritura nacía de un acto feliz) del cachorro no desprovisto de talento que todavía no ha llegado a creerse (o a saberse, seamos democráticos, al menos en este espacio donde todo puede ser) tocado por la gracia divina; escribía con el descaro del aprendiz que aún piensa en el lector sin hacer de ello un manifiesto, que busca erizar y divertir al lector, colársele por debajo de la puerta como una tarjeta de Navidad, en lugar de mortificarlo con inhóspitas densidades u otras malevolencias por el estilo; escribía con la pasión del muchacho que lee a Proust y a Joyce (traducidos) desde su rincón y le parece entrar en ese paraíso plúmbeo que, sospechosamente, le han recetado todos los días sus amables enemigos con esas caras llamadas «de circunstancias» y que, después de todo, no resulta tan fastidioso como podría suponerse a juzgar por alguno de sus voceros en este lado del Atlántico, escribía, en fin, con la vehemencia del joven que ambiciona, por supuesto, la gloria, sin preguntarse mucho en qué consiste.

–Bueno –diría él–, como escribo en español, o al menos eso parece, de aquí a un montón de siglos se hablará con elogio de Cervantes y de mí. Dos tipos de primerísima línea, dos tipos inconmensurables. Se hablará con admiración de mi novela y de la suya, dos clásicos. Quizás quede algún espacio para Quevedo y el *Lazarillo*, no estoy seguro.

Eso era la gloria. Un deseo remoto que no hubiera confesado a nadie jamás porque de alguna manera le parecía indecente y casi ofensivo, una posibilidad entre millones, un sueño prácticamente inalcanzable y parecido a Dios, algo en lo que valía la pena creer. Tenía fe y hubiera deseado ser lo bastante fuerte para no cambiar su fe por ningún otro objeto del mundo. Pero su fe, como una muñeca de porcelana muy antigua y valiosa, también andaba cerca de su miedo y por eso no pensaba demasiado en ella. Lo espantaba la idea de romperla. Detenerse por un momento a pensar era un riesgo. No venía al caso, por ejemplo, subrayar la insignificancia de la gloria en relación con la eternidad, con el vertiginoso infinito sin duda alguna mucho más aplastante que «un montón de siglos». Contra la eternidad, sinónimo de la destrucción y del olvido, pensaba, no era posible luchar. Así que lo mejor era dejarla en paz, no dárselas de filósofo ni de teólogo y tratar, mientras hubiera tiempo, de hacer las cosas y las novelas lo mejor posible.

Escribía a mano, pues detestaba pasar por la máquina más de una vez con la misma cuartilla. Su Remington era en verdad un tareco tan vetusto y tan desgraciado que Colón debió haber redactado en él su cuaderno de bitácora. Ya se encargarían Cécile y Fabián, gente con plata, de comprarle una computadora, una Pentium negrita sin líneas rectas en su diseño. Y una impresora láser. Y un escáner para no volver a teclear lo mismo, para incorporar ilustraciones y para cualquier otra exquisitez que se le ocurriera. Y papel continuo. Y… ¿No dicen que el fin justifica los medios? Pues él quería para el fin más noble fin de los mejores medios. Ya se encargarían, claro que sí, de ayudarlo a acceder a la civilización. Hubiera sido fantástico, también pensaba, conectarse con Internet, por ejemplo, y leer cómodamente recostado el *New York Times* de cada mañana.

Despedazaba después los indescifrables manuscritos (era el rey de los garabatos y los lindos borrones, pero no se enorgullecía por eso), los echaba en una bolsa de *nylon* junto a las cáscaras de huevo o de plátano, alguna lata de conserva ya oxidada, la borra del café, algún bombillo fundido, trozos de papel higiénico, etc., y entonaba como un gallo su canto victorioso con la satisfacción que proporciona el Nuevo Realismo a quienes se lo toman al pie de la letra.

Escribía en la cama, en las posturas más inverosímiles que te puedas imaginar, sobre una vieja sábana quemada de cigarros aquí y allá y se divertía también con las fiestas y los funerales que iba tramando. No sentía el menor deseo de hacer a un lado sus papeles: a veces hasta se acostaba con Cécile encima de ellos. Crujía y se mojaba entonces la literatura.

En resumidas cuentas, no huía de su novela. ¿A quién se le ocurre huir de una novela? Si está muy mala, uno cierra el libro o apaga la TV y ya, asunto concluido. Huía de otro esperpento que también era él mismo y que tal vez pudiera describirse como el escorpión –de hecho era Escorpión con Escorpión en el ascendente y en todos lados, era más Escorpión que nadie y se creía bueno, circunstancia que no dejaba de enternecer a Fabián–, el verdaderamente peligroso, el Mr. Hyde, que, como ya sabemos, no es nunca el escritor, sino el otro, el que se muere (o es capaz de matar a alguien) con tal de vivir la literatura. Una especie de personaje desplazado y extratextual que puede en ocasiones arrastrar al escritor hasta liquidarlo o dejarlo convertido en una lamentable ruina. Un esquizoide literario que de repente descubre, con todo el cuerpo ardiendo y un insoportable dolor de cabeza, que el sol de Cuba –metáfora de metáforas– puede ser tan deslumbrante como el que rebrilla en la costa del norte de África para volver difíciles las pieles claras, y que es muy poco, apenas la profundidad de una página, lo que le impide mirarlo de frente.

Pero nadie se daba cuenta…

Al despertar Camila una mañana, tras un sueño intranquilo, se encontró en su cama capaz de controlar, como antes, todos los movimientos y reposos de su cuerpo de la cintura para arriba y con las piernas algo débiles, pero prometiendo ser cada vez más suyas. Acto seguido emigró al sillón de ruedas con gran estupefacción del Dr. Schilling y sus colegas, quienes no sabían a qué atribuir tan súbito progreso. De no haber sido por sus manos, educadas en las agujas, el láser y otras sutilezas, o por sus rostros como de yeso, que nunca dejaban traslucir ni la emoción más leve, se hubiera dicho que parecían indignados. Tanto como un ateo convicto que, cuando menos se lo espera, se ve obligado a preguntarse por las causas materiales del milagro que, insolente, viene a perturbar la calma y la prolijidad de su feudo.

Por el momento, como solían decir, no quedó a los hieráticos otro remedio que conformarse con saber el motivo casi evidente de la muerte de la negra, ocurrida sin morfina ni similar de por medio aquella misma mañana. Bueno, algo era algo. Qué se le iba a hacer. No se podía esperar de todos los sucesos posteriores a un sueño intranquilo que tuviesen una explicación demasiado inmediata. Tendrían paciencia.

Era plenilunio, lunes, y en el aire, límpido y contaminado a un tiempo, de la Sala D flotaba cierta inquietud, de esa que puede llegar a clavarse como una pequeña saeta en el centro de algunos mesencéfalos y hundirse allí hasta dar con lo blando y provocar revoluciones.

Pero nadie se daba cuenta. El fin de una agonía y el aplazamiento de otra parecían merecer una celebración y no un estado de alerta. Así, cuando la sacerdotisa regresó a media mañana de unos exámenes algo caóticos, realizados sólo por «cubrir las formas» por unos homúnculos perdidos en el páramo oscuro de la ciencia, encontró en su habitación, ahora protagónica, una banda de enfermeras, practicantes, anestesistas, radiólogos, limpiapisos y otros ejemplares subalternos de la fauna sanitaria, quienes festejaban por su cuenta (a escondidas del nazi, quiero decir), con empanadas y vasitos de helado frente a la TV encendida. Algunos ocupaban esas sillas plásticas, blanquecinas e inconsistentes, habituales en las esquinas de las dependencias estatales y a veces llamadas «muelas» por su morfología trituradora. Otros habían optado por los butacones y la mayoría, unos siete u ocho seres humanos, se habían distribuido alegremente entre la cama de la sacerdotisa y la otra, a esas alturas desinfectada y sólo cubierta de hule.

Sin rastro de asombro ante la invasión (peor le fue a Rómulo Augústulo ante las sanguinarias huestes de Odoacro), Camila sintió curiosidad por el destino del cadáver, imagen ausente, y su fantasía voló en dirección a una siniestra cámara refrigerada, donde también habría jamones colgando del techo y escarcha y abetos descontentos como en los cuentos de hadas de los países nórdicos. «Sería interesante si a la hora del almuerzo se confunden (o no, ¿quién sabe?) y nos sirven a los sobrevivientes un plato raro con forma de mano o de pie o de algo peor. Los negros y los blancos, ¿sabrán igual? Por alguna razón los esclavos negros eran más costosos que los esclavos blancos. Seguro que eran más alimenticios», pensó con la escasa originalidad que ya le conocemos.

Subterráneos, pasadizos, catacumbas húmedas y frías, fantasmas, esqueletos y depravados monjes de los Siglos Oscuros, fueron los siguientes eslabones de una cadena medieval y chirriante que debió concluir con las diversiones de Montresor o de Usher o de la señora Radcliffe y con la risa misma de una solitaria cabeza encima de la mesa de disección que tanto preocupaba a Fabián. Lo de «siniestra» era un halago, una concesión no del todo amable a ciertas reacciones estereotipadas de gárgola, de seductor gótico o de virgen fatua, que suelen advertirse incluso (o sobre todo) en los hospitales. Una sonrisita irónica que la sacerdotisa dedicaba a los escrúpulos más bien contradictorios de una cultura que entierra a sus muertos y a veces, ¿por qué no?, también a sus vivos.

A Camila le parecían simpáticos aquellos discípulos del Dr. Schilling, quienes, tal vez para llevar a su realización última la filosofía del «como si», hablaban de ella en su presencia sin más remordimientos que los de un recién nacido. «Pobrecita», decían, «¡es tan joven!». «Dicen que tuvo un hijo anormal, un monstruo». «Lógico: los hijos salen a sus padres». «¿Quién sería el valiente, eh?». «Eso no es valentía, es locura. A lo mejor el tipo estaba borracho. ¡Tremenda mancha en el expediente!». «¿No hay una perversión sexual que es así, que hace que a la gente le gusten los anormales?». «No sé, debe ser la mongofilia. A lo mejor el tipo era otro mongo igual que ella. ¡Qué asco!». «Deberían ligarla, estas retrasadas mentales que andan por ahí sueltas y sin vacunar casi siempre son tremendas putas». «¡Oye! ¿Tú estás seguro de que no nos entiende?». «Mírala tú misma. ¡Qué va a entender!». «Se sonríe y todo». «De todas maneras no tenías que decir eso. Ella, pobrecita, no tiene la culpa», «¿Y quién habló de culpa? Si tanto te gusta, envuélvela en papel de celofán, engánchale un lacito dorado y ponla de adorno en tu casa arriba del televisor. Pero ten cuidado, no sea que te quite a tu marido». «Sí, cómo no. El que tiene que tener cuidado eres tú, lengua de chucho, que un día le vas a decir una barbaridad de esas a un paciente que sí entienda y ahí sí que te vas a enyerbar». «Es verdad, compadre, que la locura a veces va y viene. Con los anormales nunca se sabe». «No es el caso, pero lo tendré en cuenta». «Miren cómo nos mira, la pobre». Y así por el estilo cada vez que aparecían en el escenario.

La sacerdotisa los quería tanto que nunca incurrió en la crueldad de arrancarles sus ilusiones a aquellos muchachos que, a semejanza de los extrovertidos guerreros espartanos, quienes mostraban su dolor y su miedo sin inhibiciones bárbaras, no eran hipócritas los unos con los otros y tenían el valor de no ser fúnebres, de darle a la enfermedad o a la muerte (ajenas, claro, ellos eran invulnerables y eternos) la misma importancia, o menos, que a un vasito de helado. Si el sufrimiento de los otros era para ellos la escenografía cotidiana, ¡bien jodidos estaban si les daba por deprimirse, perder sus libritas resultantes de la buena comida del hospital o ponerse pálidos ante cada zarpazo de lo Incomprensible! Por fortuna, el juramento de Hipócrates había perdido, juramento al fin, toda la trascendencia que alguno atolondrados le habían atribuido en su momento. Para Camila era lo Perentorio, lo Heroico de la vida en lucha por conservarse a cualquier precio, quien inspiraba en los guerreros espartanos aquellos comentarios nada elogiosos sobre su persona, a la cual ella misma no tenía en gran estima. «Deben someterse, bajo los auspicios de mi amigo Klaus, a un entrenamiento especial que les convierte los valores occidentales en una espina de pescado», pensaba, a pesar de que también ella participaba a menudo de igual condición anuladora. Yo, por mi parte, jamás alcancé a comprender qué quería decir Camila, si acaso quería decir algo, con eso de «los valores occidentales». En cuanto a la cadena gótica y sus cuerpos prisioneros, si la inquietaba la perspectiva de encontrarse cada noche a solas con el espectro de la negra en aquel tierno y complaciente Elsinore donde nunca faltaban el agua ni la luz, era porque el momento de la sinceridad extrema ya había pasado (ver hacia el final del capítulo anterior), para ceder el turno a una frivolidad metódica que también exigía sus ofrendas.

Entretanto, el Canal 5 interrumpía cada tres minutos el capítulo ciento setenta y nueve de *Corazón Salvaje* para anunciar fabulosos productos contra las arrugas y la calvicie. Ni el mismo Plinio, tan imaginativo por otra parte en su *Historia Natural*, hubiera sido capaz de inventar semejantes embelecos; con el desarrollo de la ciencia, la tecnología y eso, es posible que también haya venido el desarrollo de la mentira. Pero no quiero parecer retrógrado, pues aquí todo depende de las expectativas que uno tenga. Pienso que tanto Plinio como ciertos anuncios se dejan leer en lo que tienen de ficción. Y entretienen cantidad, cómo no.

El efecto total resultaba bastante pintoresco para la sacerdotisa, quien nunca antes había tropezado con él. Juan del Diablo profería una de las blasfemias más espantosas de su repertorio y a continuación un atribulado descendiente de Cayo Julio se untaba un mejunje verdoso en el coco y se transformaba al punto en algo parecido al león de la Metro. Los estremecimientos y bramidos de la tierra preludiaban la inminente furia del Mont Pelée y entonces aparecía en *close-up* un bello rostro devastado por el tiempo y las historias que transcurren en el tiempo para que una brochita rosada, emblema de la pócima X, fuese borrando uno por uno los diminutos pliegues. Ni todos los surrealistas juntos hubieran logrado jamás algo más apabullante que aquel desbarajuste postindustrial de formas, colores y sonidos. Hasta olor y gusto parecía tener.

Los espectadores, con las bocas llenas, casi aplaudían de la emoción, a pesar de ser todos jóvenes, peludos y antirrománticos. Pobrecitos. La apoteosis del Canal 5 los confinaba en un solo rincón, apartándolos peligrosamente de sus ocupaciones habituales. Era como si la TV mexicana también fuese cómplice de lo que en aquel mismo instante se tramaba en otra habitación de la Sala D, hacia el fondo del pasillo.

Desde la puerta, su ángulo favorito como en otros tiempos, Camila encontraba al calvo más digno, más atractivo incluso que el desdichado Leo. (Sólo Dios sabe cómo debieron modificar al animalito esos canallas de Hollywood el día de la primera toma). También le parecía que el bello rostro devastado, al perder la devastación, perdía la belleza Juan del Diablo era un niño correcto y aburrido en comparación con otro individuo escandaloso (ni borracho ni mongo) que ella conocía. Lo único interesante en la pantalla era el volcán, sobre todo para quienes en realidad tuviesen algún deseo de interesarse por él.

La sacerdotisa *ante portas* se ponía analítica, exigente, razonadora. Dividía, separaba lo inseparable en lugar de comérselo todo junto. Evidentemente, no sabía nada de anuncios ni de telenovelas, lo cual en algún momento podía llegar a perjudicar su noble vocación histriónica en un sentido más bien comercial y no por ello menos importante que los otros. Sin embargo, en vez de consagrarse al sarcasmo, a la crítica del Respetable (tan inepto, tan insensible, tan vulgar y merecedor del Canal 5). Como hubiesen hecho tantos en su lugar, prefirió escabullirse, suelta y sin vacunar, y dar un paseo por ahí en su flamante vehículo.

No era mentira, sino ficción. Una vez más.

También era cierto que la ilustre niña lo veía poco. Ella siempre veía poco a pesar de que sus lentes, cosméticos en apariencia ni siquiera usaba lentes), se esforzaban en dar vueltas para corregir la miopía y el astigmatismo.

Colocada desde siempre en el mismo centro de la luz mucho menos para mirar que para ser mirada, le resultaba inconcebible hasta la mera posibilidad de leer en las personas, en los objetos, en los evidentes libros que trazan las sombras, los dedos húmedos, los bostezos, las visitas nocturnas de seres pardos o grises, poco nítidos, pero en todo caso capaces, como Roald Amundsen, de clavar sus banderas en lo Inaccesible, de llegar a donde nadie llegó antes, a ese largo lugar tan gélido y a la vez amable, tan poblado de deseos y pingüinos.

Los signos ignorados por sus ojos de colores distintos debían inscribirse en su misma piel, en su misma ropa, en su pelo, su voz y su aura, y pasar de una mano a otra como los nudos del corredor chasqui a lo largo del puente o la calzada sin que ella se sintiera mensaje, escritura o función poética.

Toda llena de perfumes e intuiciones, corazón salvaje como Juan del Diablo o una chica Almodóvar, presentía las intensidades, el despertar de los volcanes en la Martinica, las temblorosas atmósferas del plenilunio con presagios de motín y con rostros teñidos de cinabrio o de verde. Porque la luna, ya se sabe, para muchos no es blanca sino verde. Porque la luna, ya se sabe, para muchos no es blanca sino verde; a ésos se les llama «locos»...

Pero la ilustre niña jamás hubiera conseguido expresarlo ni mucho menos señalar la dirección de los cambios que se suscitaban uno tras otro. (Quienes dicen La Habana es aburrida porque en ella todos los días son iguales en realidad no saben lo que dicen). Algo del furor profético de Casandra había en la modelo. Y no lo sabía.

Su vecino, en efecto, lucía diferente en algunos aspectos. No era mentira, sino ficción. Una vez más. Sólo que donde ella veía el orgullo intolerable de la oruga que por primera vez se siente mariposa (una especie de arrogancia también inventada por los hombres), con todo lo que implica de ficticia desmemoria cambiar el suelo por el aire (la verdadera mariposa no recuerda, o al menos es eso lo que creen los hombres que le niegan al suelo su grandeza), donde la modelo veía el aplomo mezquino de quien para conservar la vanidad depende de la aprobación ajena y de momento la ha conseguido y por ello tira patadas de mulo a diestra y siniestra y no se prodiga sino con regios ademanes y pisotones, donde la ilustre niña veía, en fin, la afectación del advenedizo, del «nuevo rico», se movían otros resortes, otras cuerdas de lira mucho menos reductibles a lo ya visto.

Dentro de Fabián —una caverna intrincada y bien oscura donde los exploradores tendían a desaparecer— se agitaba en realidad algo nuevo, muy distinto a las tradicionales historias versallescas de éxitos, intrigas y envidias, y muy distinto también a esa noción de prestigio (siempre ante la tribu de amantes) que relaciona el sexo, el romance, el *affaire*, ya no con la muerte, sino con el poder, con la sensación equívoca de ser importante o necesario en términos absolutos.

En aquella profundidad palpitaba algo más próximo a un asedio continuado, a la inquietud, al suspenso, a la espera en silencio de una rendición por hambre y nervios rotos, quizás incluso a la inminencia de una asalto; algo ajeno y casi opuesto a la distensión, a la tregua y la bandera blanca y el humo del cigarro largamente esperado y el orgasmo, al regodeo o la flaccidez con ornamentos triunfales y desfile por la Vía Apia que sucede a una campaña victoriosa. La modelo, daltónica para gentes, lugares y cosas, vagaba por el espectro sin distinguir entre sí los tonos complementarios.

Alguien menos narcisista que ella, menos habituado a hacer de la soberbia el único móvil y del mundo un gran espejo, alguien (como la sacerdotisa o el mismo narrador) menos dado a proyectarse, hubiera advertido a la primera ojeada que el nuevo aire de Fabián no era claro y satisfecho de sí, no era «engreído y prepotente», como decía ella, sino más bien sombrío y puntiagudo, afilado hasta brillar como una exasperación de sus propios ángulos y líneas anteriores.

Fabián. Los ojos, color de ámbar, más soñadores, más abarrotados de lucecitas y chispazos similares al nocturno *hashishin* de dos ciudades enanas. La boca, en cambio, más recta, más dura. Mayor el contraste. Un hombre de la medalla casi total (el «casi» es importante), sometido a sus propias leyes en la penumbra de la sala vacía, allí donde los cuadros dialogan por fin a solas, sin nadie para prohibir los *flashes*, las pizzas y las manipulaciones indiscretas. Sin nadie para sugerir su venta o algún latrocinio, vandalismo o reproducción no autorizada. La exuberancia, el manierismo de varios siglos de pintura italiana concentrados en un museo en peligro de saltar hecho pedazos por la bomba de un terrorista. Porque en el fondo del fondo la ilustre niña no se equivocaba tanto. Sin duda alguna la intensidad era notable. Fabián había florecido, si es que a la abundancia de corolas y cálices negros también se le llama primavera.

Había llegado el tiempo de las canciones. Las higueras, como dice donde tú sabes, echaban sus brotes y las viñas fueran para mis personajes y sus compatriotas unos objetos tan lejanos (más literarios que reales, quiero decir) como la botella de láudano en el camerino de la *ingénue* triste o los ruiseñores de Enrique Banchs. Y eran precisamente las canciones lo que disgustaba a la modelo, para quien todo ese esplendor, que era la causa primera de su interés, se cocía en una obra lenta de abundantes y valiosas posesiones que no podía dejar de atribuirle a ese loco malagradecido y egoísta que veía la luna verde y no la dejaba participar de la Buena Nueva con esa manía suya de hacerse el misterioso. (Imagino a Fabián desconcertado al escuchar semejante interpretación de su persona en aquellos momentos en que procuraba, según él, «llamar la atención lo menos posible»).

A partir de lo que se ofrecía a su corta vista, la modelo intentaba la reconstrucción de la imagen ausente. Se zambullía en inútiles divagaciones. ¿Cómo sería Ella, la Elegida? «Como lirio entre los cardos: así es mi amada entre las jóvenes», cantaban las higueras, las viñas y demás. De eso nada, se respondía Bibiana, seguro es chiquita y fea. Quería creer eso. Por algún motivo él, pudiendo exhibirla, la tenía guardada. La Belleza no se esconde, pensaba, sería como aniquilarse, como dejar de ser. La Belleza precisa de la Mirada. El loco, por otra parte, sabía que la ilustre niña solía ser muy rigurosa en sus apreciaciones de otros cuerpos y lo bastante sincera como para no quedarse callada. Era experta en descubrir desproporciones, excesos, carencias y manchas a través de vestuarios y maquillajes, y también sabía pulverizar con una sola frase a la que, movida, desde luego, por una estúpida suficiencia, pretendiera erigirse en rival suya.

Aunque, pensándolo bien, no siempre se mostraba la modelo tan implacable. Camila, por ejemplo, le había gustado. Le había gustado mucho. Y no por esa generosidad apócrifa que se confunde por momentos con la lástima. Nada de eso. Le había gustado en serio. Pero la sacerdotisa era punto y aparte. Sencillamente no concursaba en estas lides, estaba fuera de juego. Pequeña, dócil, insignificante, se podía sentir afecto o algo semejante por ella. Y, sobre todo, miraba de una manera tan pero tan especial… El loco no la había ocultado nunca, aunque tampoco podía decirse que estuviera muy orgulloso de ella. Era como una de esas hierbas que nacen ya algo mustias y se crían silvestres en medio del jardín más elegante sin perturbar a nadie. Ellos tres habían sido muy felices; para Bibiana el ser feliz consistía no en cumplir con una serie de parámetros más o menos a la moda, sino en sentirse feliz; ignoro qué pensarían al respecto, si acaso pensaban algo, Fabián y Camila. ¿Por qué su vecino había tenido entonces que traer a Otra? ¿A quién le hacía falta un lirio? La modelo olvidaba con energía el poco caso que Fabián solía hacer de sus opiniones.

La Elegida, por fuerza, no debía parecerse a nadie conocido. Ni a la ilustre niña ni a la sacerdotisa. En un harén, si lo que se busca es evitar la monotonía, importa la diversidad, máxima de Pero Grullo. (Otra máxima para meditar: «Si las cosas no fueran como son, serían de otra manera»). Así pues, ¿qué aspecto tendría Ella, la Favorita que le había puesto al loco esa gracia de felino al acecho, esa vitalidad con sonrisa triste, ese atrevimiento de mirar las cosas como quien va a devolverles sus nombres? No era fea, no podía serlo.

La modelo ya no quería saber nada (¡pero sí, sí quería!) acerca de ese fantasma con poderes mágicos. Detestaba a las mujeres glamorosas, sobre todo a las trigueñas, esas brujas de piel bronceada y cabello negro que no sufren con el sol, se visten de rojo o de blanco vaporoso casi transparente, llevan cadenas y argollas de oro y huelen a resina, a tabaco, a miel. Tenía que ser así: exótica, con algo de mulata, de árabe o de hindú. La modelo, como si no viviera en Cuba, generaba a veces ideas un tanto hiperbóreas y parecidas a ella, que prefería los tonos fríos, el negro, las prendas de plata y la esencia de flores.

Le parecía que de un momento a otro también ella se volvería loca y empezaría a ver la luna verde. (Un coro flamenco y Paco de Lucía con su guitarra animaban algo del *Romancero gitano*). Esas criaturas del fuego eran dañinas, pensaba. Eran peligrosas. Entre ondas sobrevenía el vértigo. Ungüentos, tatuajes multicolores, monedas y danzas rituales. ¡Qué espanto! Fabián la escamoteaba para ahorrarle tentaciones, para evitar que la Joya, la Carmen, la Sulamita, la Cecilia Valdés, se fugara convertida en zorra o en serpiente o en caballito de mar. Porque eso era lo que tarde o temprano hacían las hechiceras. ¡Qué asco de romance tan colmado de reticencias, de medias palabras, de conjeturas y secretos! Era como para matarlos a los dos. Si lo que hacían hubiese estado prohibido, ya la modelo los hubiera denunciado para que los metieran en la cárcel o en un campo de exterminio y los mandaran a pan y agua a levantar bloques, a cortar caña o algo por el estilo, siempre acompañados por la letra escarlata y un pregonero que divulgara su delito a los cuatro vientos.

¿Su delito» ¿Cómo sería el delito en complicidad con alguien así, con alguien de contorno voluptuoso y más curvas que una catedral de Gaudí, de labios llenos, pezones oscuros y un sabor más espeso, parecido al de…? ¡Ay! ¡Era tan difícil de imaginar un sabor! Todo se volvía comparación, incierta referencia. Con la sacerdotisa, por ejemplo, había sido agradable. Suave, nada complicado. Un placer ligero aunque no del todo fácil de olvidar.

Uno no llegaba a sentirse transgresor, sino todo lo contrario. ¿Y con la bruja hermana suya, novia suya, preciosa, perfecta suya? No podría describirse con las palabras de todos los días. En general, no podría describirse. Uno correría el riesgo de creerse poeta, de reincidir en imágenes que no significaran nada, en «alfombras voladoras y cortejos de duendes», en «superficies donde levantarse y hundirse para emerger de nuevo como ola infatigable, amarga y habitada por peces mordedores».

Sí, uno reincidiría en peces mordedores, alargados y fríos bichos que navegan por la cursilería y la página inmortal. Porque ¿cómo hablar de lo que no se conoce? ¿Y cómo llegar a conocer lo que se oculta? Habría que preguntarle a los amigos, a los otros sabios de la tribu. O, mejor aún, habría que abofetear a la bruja. ¿Quién coño se creía que era para reducirlo a uno al silencio, a morderse las uñas y arrancarse los pelos como el rentista de Rouen? No, Fabián no tenía ningún derecho a guardarse para él solo una aventura tan explosiva ni a despreciar a la modelo sólo porque era rubia e ignorante de sortilegios y brebajes.

Atractivo y repelente resultaba el misterio fabricado con humo por Fátima y Alí. Pero no hubo solución. La ilustre niña nunca fue admitida. Ni siquiera consiguió echarle el ojo por una vez a la otra princesa, a la oscura. Como espía Beatriz «la Intrépida» era malísima. Cada vez que se asomaba sigilosa al escuchar un timbre que sonaba en el apartamento de al lado, en el apetecible apartamento de al lado que por la noche le cerraba sus puertas, sólo veía con su vista corta la silueta imprecisa de un individuo de apariencia corriente, ni siquiera muy alto, que se perdía entre las sombras del pasillo. «brincando por los cerros, mi amado, como una gacela o un cabrito». No veía más que aquello que le habían enseñado a ver y que no despertaba en ella el menor interés. Un estúpido chofer o el estúpido mecánico del estúpido carro del loco, se decía, siempre decepcionada.

Y luego, de repente, todo acabó. No era la mentira, sino en la ficción. Donde mismo había comenzado.

Veo más cristal.

Fue hace algunos años, durante el invierno de 1989, tan tímido y fraudulento como suelen ser los inviernos en La Habana, cuando leí por primera vez «Un día magnífico para el pez-plátano». (Para leer «A perfect day for banana-fish» tuve que esperar un poco más).

Mi ingenuidad, aún hoy bastante notable, era entonces de primera. Incapaz de sospechar en las señales de Seymour algo distinto a una noble extravagancia, me entregaba a ellas de un modo espontáneo, frívolo, tostado por el sol. Como Sybil Carpenter, yo creía en las aceitunas, en la cera que se lleva en un bolsillo al salir de casa y en los peces-plátanos más literales que puedas concebir. Nunca me saciaba la playa. Hubiera necesitado tal vez para salvarme, tal vez, un papito que llegara en avión desde Connecticut en el momento justo. Pero no había ningún papito de esa especie y, cuando Seymour apoyó el revólver en la sien, yo pensé que él seguía jugando. Aquello no podía ser en serio.

Durante algún tiempo, cuando me decidí por fin a contar historias, pensé que las historias, para ser inolvidables (porque «Un día magnífico para el pez-plátano» es, pienso, una historia inolvidable), debían contarse así, con mala intención. Con la peor de las intenciones. Creo que esa noción, por llamarle de alguna manera, provenía de cierto resentimiento, de cierto deseo de venganza contra un algo, innombrable pero humano, que me había traicionad cuando yo buscaba amor.

Ahora, por el contrario, pienso que mi experiencia de aquel invierno fue lo bastante singular e intransferible como para eliminar toda posibilidad de un desquite ojo por ojo. Como para anular toda semejanza susceptible de comprobación entre lo que ocurrió conmigo y lo que ocurrió con la sacerdotisa por causa de otra historia mucho menos inolvidable. No puedo decirte más que esto: el disparo de Seymour en verdad penetró por la sien y quebró algo dentro de mí cabeza, algo frágil. En la otra historia, la que leyó Wolfy, no había armas. ¿Quién puede saber entonces cuál fue el impacto? ¿Qué obligó a Camila a recuperarse así, de repente? ¿Quién puede saberlo?

V.

Piel de rinoceronte, teatro pánico

–¿Y después qué? –preguntó Fabián desde el fondo de la penumbra mientras volvía a servirse el café. Ante los ojos de la sacerdotisa desfilaron de nuevo las fisonomías transitorias de los conjurados como fantasmales y carcomidos muñecos de un guiñol en ruinas. Guido, Flavio Josefo, Luciano y el vasco Baráibar y Zumárraga: cuatro granujas sin tacha y apenas recordados.

–Ésa es la gran pregunta –murmuró en el estilo de algunos personajes de Conrad.

–Entonces aprovecha y respóndela –insistió Fabián–. No puedes dejar a todos esos tipos así, congelados, en un momento tan caliente, ¿no crees? Dime, ¿qué pasó después?

–Te veo muy curioso, muchacho. Antes nada te importaba nada... ¿Qué pasa contigo, eh? ¿Qué pasa con él, niña? No lo reconozco.

–¡Ay vieja! –la modelo se encogió de hombros–. No seas abusiva y acaba de hacer el cuento antes de que el loco este (porque sigue loco) empiece con la cosa turbia de siempre.

–Sí, Camila, no debo empezar con la cosa turbia de siempre. Todo sea en nombre de la quietud. Así que habla.

«Mi público me aclama», pensó la sacerdotisa. «Mi público, qué curioso, me aclama en nombre de la quietud. No tengo que preguntarme ahora si vale la pena seguir el drama a estas alturas o, peor aún, qué es realmente lo que ellos desean escuchar».

–No recuerdo bien –prosiguió–. Creo que Wolfy empujó mi sillón de ruedas hasta el cuarto con tanta furia que me caí. Sí, creo que fue eso. Me caí. Me di de cara contra el piso y él tiró la puerta. Creo que se puso bravo conmigo, aunque no estoy segura, porque no dijo ni media palabra. Bien pudo ser un accidente, ¿ustedes no creen? A veces ocurren accidentes...

Su voz se había ido disolviendo como una cucharada de sal en un vaso con agua.

–«Y fui feliz... por algún tiempo». Ésa es la última escena del último acto, bruji –dijo Fabián y suspiró–. Ya la conocemos. Dinos algo nuevo, anda. No seas malita.

–No es fácil decir algo nuevo, tú lo sabes, pero voy a tratar. A ver, a ver... Mira, cuando me caí no me dio tiempo a apoyar las manos en el piso, así como hace la gente que le tiene algún aprecio a su cara, es decir, la gente como ustedes dos. Cuando me levanté tenía el labio partido. Todavía se nota un poquito, ¿no ven?, y también estaba echando cantidad de sangre por la nariz. El pijama, yo llevaba un pijama, imagínense, se embarró todo que daba ganas de vomitar. En serio. Y sentía un sabor salado de lo más asqueroso. Era como sí... bueno, como si me estuvieran haciendo un tatuaje grande, pero muy grande, y sin anestesia...

–¡Pero si tú no tienes ningún tatuaje! –interrumpió la ilustre niña–. Ni grande ni chiquito... Tú no puedes saber lo que se siente cuando a uno le hacen un tatuaje. ¿O ya te hiciste uno?

–No, no me hice ninguno. ¿Por qué me lo iba a hacer? –dijo Camila y tal vez pensó que no había nada como los tatuajes para que la gente se sintiera en la obligación de inventar teorías, de escribir libros, en fin, de tomar partido. De eso ya había bastante. Al menos para ella. Y arriba, costaban dinero–. Pero esto viene siendo casi lo mismo, ¿no te parece, niñita? –La sacerdotisa guiñó un ojo, para sí misma, supongo, pues la penumbra le prohibía otras intenciones más comunicativas–. Además, me lo han contado. Lo del tatuaje, quiero decir.

—Pues mira, que no es tan espeluznante como tú te imaginas. Un tatuaje es una cosa y una paliza, otra.

—¿Y de palizas qué sabes tú? —preguntó Fabián.

La modelo estaba perpleja. Dejando a un lado el símil problemático y lo inefable de ciertas situaciones violentas y generadoras de estigmas, no podía comprender cómo se las arreglaba Camila, *woman in red*, para golpearse contra todos los muros, salientes, farallones y demás durezas que se presentaban en su camino. O que caminaban hacia ella, que era lo más frecuente. Tenía que gustarle, no cabía otra opción. (Aquí partimos del postulado de que, si a una persona «le sucede» dos o más veces la misma historia, es porque, en una forma u otra, esa persona la ha propiciado). ¿Por qué sería tan difícil reconocer que uno es masoquista? Quizás porque uno teme que lo reduzcan sólo a eso y hagan *tabula rasa* del resto. No hay como los demás en cuestiones de reducirlo a uno, de recortarle su pluralidad como las pestañas de cartón a una cuquita. Y la mutilación en este caso se presenta como algo especialmente peligroso, muy propenso a convertirse en una mutilación de otro orden. Ése es el problema, que uno es masoquista y algo más, pero no está seguro. «Con lo buena gente que parecía el tal Wolfy», pensaba la ilustre niña.

Los ojos de Fabián, entretanto, sonreían color miel y tal vez su boca también sonreía detrás de la taza. Probablemente recordaba las tribulaciones de la estudiante Herminia o acariciaba la idea de que la sacerdotisa mentía. Mejor dicho, la idea de que inflaba su historia (para él, única persona en el mundo capaz de apreciar la nobleza de la versión) con detalles a lo Dashiell Hammett. Porque lo ocurrido en verdad durante el espantoso y nunca antes escuchado aquelarre debió ser mucho más sencillo y desprovisto de emociones. «Muy amable de su parte», se diría quizás, y cualquiera hubiera sospechado que Fabián agradecía muy en serio el espectacular retorno de la muchacha al apartamento oscuro.

—Pero, ¿cómo pudiste levantarte? —preguntó con la amabilidad de quien aparenta interesarse en el intríngulis de algún asunto sin intríngulis.

La sacerdotisa no recordaba cómo había conseguido ponerse de pie, caminar hasta el baño (en Elsinore cada habitación tenía su propio baño) y lavarse. Sangre sobre las losas, cruz o medialuna roja.

Las imágenes convocadas a ras del suelo, las que la Mirada capta cuando ha sido brutalmente desplazada de su posición habitual en la verticalidad, solían dejar vacíos, urnas en su memoria. Sus oyentes habrían de renunciar a la expectativa de asir alguna reconstrucción de los sucesos más o menos realista en sentido tradicional. Deberían conformarse con mitos, fantasmagorías, hilachas, embriones, materiales muertos y protohistorias disecadas, los elementos con los cuales alegremente se construye el Nuevo Realismo y que, siempre increíbles, hacían parecer a la sacerdotisa lo que en efecto era: una pequeña farsante.

Había sido raro y Sam Spade, por ejemplo, detener durante un par de segundos la carrera desenfrenada de aquel lunes tumultuoso y lleno de inminencias para mirarse en el espejo (la Mirada se enfrenta consigo misma, una leyenda) por comprobar la resistencia de sus dientes y de su tabique nasal, que en realidad (otra leyenda) le importaban muy poco.

Después, mientras escuchaba los gritos (en eusquera) del vasco arrastrado por los sabuesos hacia el mismo lugar donde antes habían triturado (o «neutralizado», que suena más neutro) a Luciano, sólo había pensado en huir, sin preguntar hacia dónde ni por qué y sin reparar en el hecho de que sus pasos constituían una flagrante ilegalidad.

—Yo lo sabía desde por la mañana, desde que vi a toda esa partida de sapingos mirando televisión, ¿se acuerdan?, yo sabía —dijo— que los sustos no se habían acabado, que ese mismo día, tan anómalo en todos los sentidos, yo iba a caminar, iba a salir de allí por mis propios pies –la sacerdotisa hacía un poco de teatro, un poco más–. Caminar es importante cuando hay dónde ir. Y no es una frase, aunque, si lo fuera, me da lo mismo... Estoy hablando de una coartada, Fabián. Una coartada, ¿tú entiendes? No se puede dejar de caminar así como así, sobre todo si uno...

–Eso último depende, Johnny Walker –señaló Fabián–. Tu amigo Guido, pongamos por caso, incluso aunque tenga a dónde ir, cosa que no dudo, no va a volver a caminar más nunca en su vida. ¿O sí? ¿Quieres más?

La sacerdotisa estiró las piernas por debajo de la mesa. «¿Sí o no? Dime rápido. Dentro de cinco minutos no vamos a poder vernos ni las caras, nos importen o no, es igual. Quedaremos convertidos en murciélagos. ¿Qué opinas tú de los murciélagos, eh? Hoy toca el apagón, ¿no te acuerdas? ¡El apagón! ¡Je je! Te lo digo para que no vayas a pensarte que esta oscuridad de mierda es pura escenografía o algo así. Nada de eso».

La sacerdotisa adelantó una taza vacía como si se tratara de algo bello, bueno y verdadero, como si su misión en el mundo, por designio inescrutable de Alguien, consistiera en adelantar una taza vacía. «Y para colmo, el infame que viste anoche, digo, si lo viste, me llevó todas las velas.

Toditas toditas. ¿Qué hace un tipo, me pregunto, con todas mis velas?»

Fabián sostuvo la cafetera en el aire por unos instantes. «A ver, bruji, tú que has aprendido tanto en los últimos tiempos, dime ¿para qué puede querer un tipo todas mis lindas velas? ¿Para qué? ¿Será que sueña las velas o que se las come? Porque los murciélagos no comen velas. Dime tú».

–No te pongas delirante, viejo –advirtió la modelo–. Acaba de echar el café dentro de la taza, no vaya a ser que me lo eches arriba.

–No te preocupes, princesa. Alcanza para todo.

Camila permaneció en silencio. Pensaba en «su amigo Guido», tal vez sin comillas. Porteño, veintitantos (era el más joven de los conjurados), ojos claros y apellido italiano, es decir, «gringo». Ciclista alguna vez. Había sido precisamente él, portaestandarte y aparición súbita, quien le saliera al paso como un escape de gas de Nevada desde la habitación del fondo del pasillo. Había sido él quien le ordenara silencio con el gesto enérgico de alguien acostumbrado no tanto a ser obedecido como a despertar admiración, «el nene es un bárbaro, el nene es un Atila en los circuitos, debemos, por tanto, complacer al nene en todos sus caprichos», de alguien para quien la relación entre su cuerpo y un sillón de ruedas (vínculo derivado de un choque con un camión y el consiguiente aplastamiento de algo irreparable, así de simple) no es más que una pesadilla de la cual uno, gran pibe, gran bestia de las curvas peligrosas, sabe que podrá salir en cualquier momento. Sólo hay que proponérselo: uno se aferra con toda su fuerza a la baranda de la cuna y la vida es sueño. «cuentan de un sabio que un día…» Su amigo Guido, por azares de la fe, no había realizado (en el sentido anglo) su situación, tan trascendente para él como la yema de un huevo frito que se revienta todavía en el sartén. Semejante levedad le había creado en el hospital cierta fama de estoico, de tipo duro, que él, desde luego, aceptaba como algo merecido. «Nacer en Buenos Aires, ese *aleph* del Cono Sur, es un antecedente funesto del que no todos consiguen desmarcarse a tiempo», había comentado Flavio Josefo con su carota de Oliver Hardy poco antes de disparar cerca de una docena de chistes de argentinos que ni por asomo pienso reproducir.

El ciclista le había mostrado a Camila un objeto rápido y metálico, apenas un resplandor. Luego, entre los movimientos cautelosos y la respiración contenida de quien juega a ser un héroe, había dicho algo parecido a cerrar con llave desde afuera la habitación de la sacerdotisa y la difunta negra, repleta entonces, como ya sabes, de televidentes desprevenidos, de infortunados sapingos. Sí, Camila lo recordaba bien, Guido había hecho eso. Era «su amigo», según Fabián, porque más tarde se había abalanzado sobre ella para besarla casi morderla en la boca y apretarle los muslos, los hombros, los senos con manos voraces y rostro insolente. Lo que se dice una agresión en regla. Nada podía ser más fácil: el sillón de ruedas, al menos en apariencia, nos devuelve a todos una especie de semejanza, la que puede existir entre los seres recién colocados en el mundo. Las enfermeras habrían podido escapar del sátiro sudamericano y minusválido, pero Camila no, Luciano, el soñador de aviones, había advertido entonces que les quedaba poco tiempo para efectuar la operación y que bajo ningún concepto podían permitirse agresiones como aquella contra la población civil (ya ajustarían cuentas) con tantos esbirros batistianos, mercenarios y agentes de la CIA como quedaban sueltos todavía por la Sala D. «Todos los argentinos son unos arrebatados, mandan un loco que no se fácil», había comentado Flavio Josefo, otra vez con su mueca socarrona de gordo.

La sacerdotisa había demorado tanto en comprender lo sucedido que, cuando intentó apartar de sí al ciclista, ya él se había apartado solo. Semejante conducta quizás no le habría sido útil ante un tribunal. Incluso Bibiana la había celebrado en su momento con una sonrisita sarcástica. Pero yo sé que tú eres más inteligente y comprensiva (o) que la mayoría de los jueces y, por supuesto, que la ilustre niña.

La sacerdotisa se había sentido tocada por el Capitán Nemo y no andaba muy lejos de lo cierto, si es que acaso podemos sentir lo cierto cuando se presenta en forma oblicua, como casi siempre, creo. Tenían que ser para ella, como de costumbre a bordo del *Nautilus*, por un instante los dedos y los labios y la lengua de un hombre joven que intentaba estimularse de cualquier manera para futuras victorias de diversa índole (digo esto por autoritario que soy en ocasiones; la verdad es que no tengo la menor idea sobre cuáles podían ser las intenciones de Guido), pero que, sin saberlo aún –la misma sacerdotisa no sabía nada entonces–, o sin querer saberlo, que es casi lo mismo, nunca más podría, digamos, penetrar a nadie.

Aquella vehemencia fugaz, inesperada y trunca, había tenido para la sacerdotisa, como diría Corín Tellado en un rapto de inspiración, el dulce encanto de lo que es tremendo y a la vez pueril, de lo que espanta y a la vez divierte. «Si yo me hubiera levantado entonces y no un poco después...» pensaba ella con el sabor del café más bien sobre lo amargo, «¿qué habría sucedido? ¿qué? Probablemente nada extraordinario: a todos sus violadores siempre parecía faltarles algo. Iban hacia ella como por error, como para condenarse a sí mismos. Quizás por eso no los odiaba ni les tenía miedo.

–Tú no sabes –murmuró en dirección a Fabián, quién encendía un cigarro.

–Yo sí sé –dijo Fabián–. Para un buen fumador es importante ver el humo, pero yo fui quien cortó la luz. ¿Sabes quién fue? Veamos. O hay luz porque falta petróleo; falta petróleo, dicen, porque se extinguió la Unión Soviética; cómo pudo ocurrir semejante cosa no lo sé, no estoy fuerte en la Economía. Creo que fue Dios quien cortó la luz... Pero volvamos a nuestro asunto. A lo mejor es el mal fumador el que necesita ver el humo. Mal fumador igual a hombre de poca fe: necesita ver para creer que está fumando. En ese caso soy un buen fumador: estoy seguro de que fumo. Por otra parte, ¿qué hacemos con los fumadores ciegos?

–¿Qué te pasa, Fabián? ¿Qué te pasa con Dios? Lo que tú no sabes es si Guido va a volver a caminar o no. Eso no lo sabe nadie.

–Bueno –admitió la lucecita roja con voz de Fabián–, a lo mejor va y camina y hasta se monta otra vez en su bicicleta para obligar a cierto individuo desconsiderado a devolverme las velas. Para tu amigo Guido todo es posible. Por lo que me cuentas, se trata de un hombre de mucha fe…

—Yo no entiendo nada –interrumpió adivina quién–. ¿Te levantaste? OK. No es nada del otro mundo. Cualquiera se levanta si está sentado por gusto. ¡Estaba sentada por gusto! ¡Eres una hipócrita! Y ellos… ¿por qué ellos tenían que formar toda esa pachanga? ¿Y por qué tú andabas con ellos? ¿En serio te atraen los locos? ¿Y si te pasa algo, eh? Tú no consideras a nadie…

—Princesa, por favor –Fabián suspiró como el Club de la Serpiente frente a la Maga–, no seas tan modesta. ¿Qué es eso de decir que no entiendes nada cuando en realidad lo entiendes todo? Nuestro animalejo se levantó, dijo basta y echó a andar igual que esta gran humanidad. Anteanoche y la noche de más atrás durmió en la calle según su antigua costumbre, pero no consiguió adaptarse después de haber conocido las ventajas del contrato social. Entonces volvió con nosotros, que la queremos tanto, ¿no es así? *Le pasó algo.* Algo que todavía no sabemos qué es y que quizás no lleguemos a saber nunca. Si esto te parece tan sencillo (de hecho, es muy sencillo), olvídate del resto. ¿Qué te importa?

—Pero ellos… –la ilustre niña, carente de competencia dramática parecía exigir una suerte de coro griego que le explicara la tragedia o que, al menos, le proporcionara algunas claves.

Fabián, grandilocuencias aparte, se apresuró a complacerla:

—Ellos, como tú dices, se rebelaron jacobinamente porque estaban hasta la coronilla del cabrón hospital y de todos los hijos de puta que se la pasaban viendo televisión y tomando heladitos mientras uno de ellos estaba impotente, el otro se moría de hambre, el de más allá había perdido un avión (el avión de su vida, el que no podía perder de ninguna manera) y el último quería reeditar viejas hazañas que justificaran su actual deterioro y sus muletas. Es lo que se denomina, fíjate bien, un movimiento de liberación nacional o democrático-popular o lo que sea. El caso es que no hay novedad. Todo ese revolico es algo que ya ha sucedido antes y que, por lo tanto, tiene muchos nombres. Casi cualquiera le viene bien, incluso «pachanga», con esa sonoridad sánscrita tan peculiar. Y en lo que respecta a nuestro bichito, se metió en la pachanga igual que Esteban y Sofía y otros tantos afortunados o desgraciados por el estilo, vaya usted a saber. ¿Copiaste, bello ser?

—Sí, pero…

—Sí, pero yo te mato si me preguntas ahora quiénes son Esteban y Sofía. Yo no soy tu profesor de Literatura, nunca lo olvides.

La sacerdotisa lo había escuchado todo cada vez más sorprendida. ¿Desde cuándo Fabián se dedicaba con tanta paciencia (bueno, al final no tanta) a dar explicaciones, a reducir escenas vertiginosas y complejos estados de ánimo a sencillos esquemas de apólogo, de fábula con moraleja? Se le advertía demasiado parlanchín, demasiado propenso a desbordarse en afirmaciones y falsas interrogantes con tal de inventar una conversación extraña, aparencial, un vago rumor donde lo dialógico resbalaba sin llegar a incrustarse en la materia discursiva. Sus explicaciones, por lo demás (y he aquí un comentario del comentario, una caja china), parecían articularse todas alrededor de una sola idea central: no hay que buscar explicaciones. Sólo vivir quizás como la alegre pandilla de Epicuro o los cultivadores de papas de ciertas comunidades anónimas. Dejarse estar como se dejan estar los árboles o las doncellas de los árboles en las antiguas mitologías. Feroz tenacidad vegetal, como diría Octavio Paz. Mundo confuso que convoca al ausentismo, a la teodicea negativa, a la no-hostilidad, al no-drama, al «no» en general, al *beatus ille*…

La mejor respuesta, como diría Susan Sontag (el Nuevo Realismo no puede vivir al margen de lo anterior, de lo ya dicho, es un parásito hambriento y, por tanto, precisa de la cita, a veces, incluso, de la cadena de citas), es la que destruye la pregunta. Sin embargo, ¿sería posible encontrar esa respuesta en medio del espanto que irradia la pregunta una vez formulada? «No pase. Perro», debió escribir alguien sobre alguna puerta. Pero de nada hubiera servido, pues los anarquistas, como diría el hombre de la bata y la cara azul, tienden a no leer las escrituras. Y con el animalote encima ya la cuestión se vuelve un poquito más difícil, un poquito más hirsuta y mordedora.

Camila no sabía qué pensar, ya dudaba incluso de su propia capacidad de pensar. Todo aquello venía a coincidir perversamente con algunas elucubraciones suyas. La sacerdotisa y el loco se tocaban una vez más en el mismo espacio en que él, por amor o vanidad o miseria, pretendía incluir al narrador, al extranjero.

¿Habría abandonado Fabián, en realidad, en serio, sus preocupaciones acerca del fondo de las cosas, aquel existencialismo, tardío como casi todo en él, que concluía en la náusea, donde cada superficie y cada ángulo mostraban su cara inhóspita y la existencia se traducía en una carga tan única y pesada que ni el suicidio (es un decir) conseguía hacerla más ligera? ¡Qué manera de expresarse, por Dios! ¡Qué refrito!

«Es como cambiar un traje por otro cuando lo que se desea en verdad es estar desnudo», pensaba Camila. «Escotes, minifaldas, vendajes de momia, da lo mismo. Y siempre puede venir alguien, uno de esos que se suponen de regreso de todas las historias, a decirte, el muy fresco, que has descubierto la leche condensada y el agua tibia, que en los países verdaderamente civilizados, con tecnología, democracia de primera enmienda y todo lo demás, la gente ha dejado de pensar así (?) hace mucho tiempo, que lo tuyo es una indigestión, un subdesarrollo, unas ganas de hacerte el interesante, el tipo de la contrapelusa y la metatranca, y que lo mejor que puedes hacer, ya que eres tan ignorante, es cerrar el pico. Y a esa hora tú, espejo de paciencia, tienes que explicarle, si todavía te escucha, que nunca quisiste ser original ni mucho menos auténtico (la originalidad y la autenticidad no son para ti valores, tu código es otro), que sólo quisiste *ser*, así de frívolo, con todas tus imposturas y tus apócrifos. Pero lo mejor, pequeño, es no explicar nada, porque no te van a entender y tampoco vas a conseguir entenderte a ti mismo. Así volvemos al principio, con lo cual evitas que se te suba la presión o que te dé un infarto o que las saladas lágrimas acudan a tus bellos ojos color de miel. Quizás lo que deberías hacer, desde tu escondrijo, desde debajo de tu piedra, es escribir una novela: dices todo lo que te da la gana, qué no ni no, nadie se burla en tu cara de eso que llamas tus sentimientos (porque tanto la náusea como el *dolce far niente* no son más ni menos que sentimientos) y a lo mejor va y hasta te haces famoso y ganas mucho dinero, ¿quién sabe?»

Pero Fabián no era escritor, sino personaje. Y muy valiente, dicho sea de paso. De haberse encontrado con algún individuo como el que imaginaba Camila, le hubiera hecho tragar un zapato, cordones incluidos, antes de ponerle una silla de sombrero o meterle por el culo el cerrojo de la puerta a la manera de Búpalo. Y tan campante, a pesar de que ahora no parecía estar de humor para eso. Por lo pronto nadie se metía con él y, de cualquier forma, allí estaban el cambio y el asombro que suele generar el cambio.

Bien ligero parecía Fabián ahora, bien aéreo y sonriente, como si volviera de un largo lugar despojado de dudas terribles y de sábanas con azúcar y migas de pan, como si ya conociera el futuro (pura convención, puro signo) en todas sus determinaciones, como si, en fin, la Posibilidad hubiese desistido de amenazarlo. ¿Qué clase de religión era la suya?

Piel de rinoceronte, teatro pánico.

Por otro lado, aquello de «bruji» sonaba hasta cariñoso, a pesar de que él no se había alegrado especialmente con el regreso de

Camila —más o menos el título de una película, es decir, de una de esas segundas partes que no pienso juzgar— casi al comienzo de la noche anterior, cuando la sacerdotisa abrió la puerta con su llave y aquel visitante desconocido (su rostro era, precisamente, el rostro de un desconocido), ladrón de velas al parecer, se había marchado a la francesa o, más bien, a la esquimal. Como deber ser: sin emociones. Fabián había permanecido en silencio, inalterable y reclinado en un sofá como la maja de Goya (la maja vestida, valga la aclaración), mientras la bruji, despeinada y harapienta como siempre, necesitaba con urgencia comer-comer, «¡Creo que he tomado ácido! ¡Me siento mal! ¡Me quemo por dentro!», y dejarse caer sobre algo blando, «Su Ilustrísima está cansadísima. Cansadísima no: muerta». Nada de formular ni responder preguntas después de tantos meses de separación. Las historias, las negativas y las excusas vendrían más tarde, cuando apareciera Bibiana para invitarla otra vez a vivir con ella. El absurdo había estado allí mismo, en la sala que ahora los reunía, sin necesidad alguna de salir a buscarlo ni, mucho menos, de resistirse a él. El absurdo tenía la forma de una mujer que entra y de dos hombres que se miran… Pero el visitante había salvado su cuerpo, su silueta irrecordable del perturbador avance de la Mirada.

Lo más notable, sin embargo, no era que la modelo comprendiese algo o no (los acontecimientos súbitos, o sea los acontecimientos, tenían el poder de adormecerla por más que Bibiana intentara comportarse como una gallina sabia y aspirante a un destino mejor que la sopa), sino que la selección, el resumen y el juicio de Fabián Cornelio Tápacito acerca de la revuelta de Elsinore (a ver si ahora consigo cerrar el anillo) y otros sucesos colaterales dignos de feliz recordación, parecieran tan acertados cuando él, con toda evidencia, vagaba muy lejos de allí (del cónclave y del café, quiero decir), tal vez por el bosque como Caperucita —y el lobo y Hansel y Gretel y Bella y Miraflores y Rondabosques y los tres hijos del rey y toda esa gentecilla bucólica que desprecia el *confort* y no se resigna a pisar asfalto— sin prestarle la menor atención al descoyuntado relato del capítulo quinto.

La imagen de Flavio Josefo, por ejemplo, era perfecta: el viejo funcionario de algún viejo ministerio, inmenso como un escaparate (el funcionario) y parecido a un personaje de Chéjov, pasaba hambre como si se hubiese extraviado en un desierto o en las heladas estepas del Yukón. Le servían comida abundante, según confesaba, en el confortable comedorcito con aire acondicionado y cortinas estampadas de la Sala D que Camila nunca llegó a ver. Para colmar, sin embargo, el doloroso vacío de su colosal anatomía hubiera necesitado que las enfermeras –pirañas, buitres, arpías– quienes, con el pretexto de un síndrome parkinsoniano que lo obligaba a moverse en cámara lenta, lo alimentaban como a un niño chiquito, renunciaran a devorar más de la mitad de su bistec o de su pechuga de pollo, que no se advirtiera tanto la insolente presencia del agua dentro de la leche, que no lo apresuraran a toda hora, que no le derramaran la sopa encima sino dentro, etcétera.

Flavio Josefo, famélico y muy infeliz, soñaba con suculentos y pausados banquetes antes de despertar cada madrugada víctima de una angustia febril que lo llevaba a imaginar tremebundas estratagemas (jamás realizadas) para burlar la maldad de sus enemigos. No se atrevía el desdichado gordo a confiar sus frustraciones culinarias al Dr. Schilling, pues le temía más que a la muerte misma. Tal era su situación cuando Luciano dio en adoctrinarlo, en hablarle de la lucha de clases y de las causas objetivas con el fin de encauzar el resentimiento de Flavio Josefo hacia su destino histórico.

La imagen de Luciano, veterano de algún lugar de África y gran lector de la Historia (de una de ellas), tampoco resultaba mal: el exmilitar había perdido un avión. Y no uno cualquiera, sino el que volaba en dirección a Madrid en busca del único medicamento que hubiese podido contener las osadas mutaciones que, desde hacía algún tiempo, practicaban con ahínco las células de su insubordinada médula espinal. El avión, sin perder la elegancia, había aterrizado en Barajas una tarde despejada y el piloto, su propio yerno, había ido derechito y sin complicaciones sentimentales a solicitar un asilo político. Le había sido otorgado y el avión ya estaba de vuelta en Cuba. Sin el medicamento, claro, de eso no hablan los convenios ni hablarán jamás.

Luciano, quien, a diferencia de su tocayo Lucky, nunca había sido un tipo demasiado cuerdo, acabó por largar los pocos tornillos que aún conservaba en su sitio y, perdida la confianza en la bondad intrínseca del género humano, decidió pilotear él mismo otra vez hacia Madrid. Más, por una razón u otra, su proyecto tropezó con la feroz oposición del Dr. Schilling, quien se negó de entrada a permitirle salir del hospital sin que de nada le valiera al veterano sus gritos, súplicas, injurias, amenazas y llamadas telefónicas.

No hay que olvidar que estas diminutas semblanzas fueron narradas todas a la vez por sus propios protagonistas, con excepción honorable de Guido (los otros hablaron por él), en menos de cinco minutos, que fue el tiempo que demoraron los televidentes cautivos en descubrir su encierro y ponerse nerviosos y preocupadísimos, celebrando de inmediato el descubrimiento con la mayor de las algarabías. Los conjurados habían intentado dar a conocer a la intrusa los motivos de su guerra con tal de asegurarse al menos su neutralidad después del asalto sexual del ciclista, especie de Facundo Quiroga o bandido capaz de estropearlo todo con su lascivia. Quizás pretendían también legitimar su programa revolucionario al ponerlo una vez más en palabras y proceder al juramento de los Horacios en vísperas del Gran Acontecimiento. Los enredos y lagunas de semejante narrativa veloz los resolvió Camila como bien pudo, de manera que, si bien las dos primeras historias (Guido y Flavio Josefo) quedaron reducidas a la perversidad y el lugar común respectivamente y la tercera (Luciano), a la fragilidad contradictoria de una élite que de vez en cuando se devora a sí misma, de la cuarta (el vasco Baráibar y Zumárraga) no quedó más que un amasijo de datos inconexos pronunciados (o no) con dureza por un rostro caprino bien sostenido por un cuello de toro. A saber: las muletas y el hierro, una avalancha de artículos acerca de lo que llaman «el incordiante nacionalismo periférico», los diez días de torturas legales que conmovieron al Parlamento, tenacidad en la conservación de las tradiciones, etarra, las Olimpiadas de Barcelona, el baluarte cantábrico, el canto a la tribu y a los ancestros, urdir tretas para, el coche en el árbol, Euskadi, los muchachos que tienen la razón, en época de Franco, ellos que son jóvenes, los ídolos de la Catedral de Bayona, y nunca me casé y a veces me arrepiento, el gobierno socialista, la bomba, la bomba, la bom… ¡pum!

Lo que ni Fabián, ni aun la misma sacerdotisa, hubieran logrado resumir, ni siquiera nombrar, era el contenido de ciertas urnas, cadáver de suma pestilencia relegado al fondo de un pozo como la Verdad escondida por Demócrito no sin razón. «Tú eres el hombre», dijo el cadáver una vez.

Ni siquiera el Nuevo Realismo puede abarcar en su totalidad la historia sucia de Elsinore. Es que a veces no resulta posible vivir con todo. Y «todo», en este caso, es la situación de quienes pierden una guerra. Peor aún: de quienes se lanzan sin saber que la tienen perdida de antemano. Quizás sólo saltando de no en no, atravesando con cuidado emanaciones sucesivas como algunos de los que intentan definir a Dios, se podría conseguir una aproximación al Uno, al centro de la podredumbre, a la semilla de la historia sucia, si es que la tiene. Es decir, habría que expulsar de la fábula el rostro azul del Dr. Schilling, violáceo una vez bajo la presión rencorosa de algunas manos; el cuerpo rechoncho de la jefa de enfermeras, malvada en el estilo de las emperatrices malvadas que no nacieron en la púrpura, rodando escaleras abajo como un saco de papas; el carrito de Wolfy hecho un reguero de astillas, sangre y humores diversos; la sorpresa y el entusiasmo repentino de los otros pacientes que, dejando a un lado sueros y aparatos, corrieron tras sus líderes para quebrar todos los cristales con las sillas-muelas y las chancletas, y para arrastrar por todo el pasillo de la Sala D al administrador, Testa de Muerto, como diría el Gadda, y colgarlo de una lámpara después de arrancarle casi todo el pelo, alarma general, incendio casi, estado de emergencia, suspensión de las garantías constitucionales, médicos *go home*; la desesperación de una pobre señora a quien la cuadraplegia impidió participar en el linchamiento que ella consideraba sacrificio ritual y no *vendetta*; el recién operado caído en combate; los sabuesos que no necesitaron emplear bastones ni mangueras ni gases lacrimógenos, pues para algo habían aprendido no sólo kárate, sino también a embutir locos furiosos y otros Orlandos en camisas de fuerza, a clavar jeringuillas en la primera parte del cuerpo –cualquiera que ésta sea– que se consigue atrapar, a estrangular tobillos y muñecas sobre cada cama, todo ello sin hacer caso de las expresiones de odio y rabia reducida a la autoagresión, sin añorar los tiempos adorables en que se arrancaban las uñas y dientes a los agresivos, sin causar, en fin, daño a los pacientes, aunque esto último, cuerpos intactos o no, bien pudiera ponerse en duda.

Una vez despojada la anécdota de todas sus añadiduras etopéyicas, se obtendría una imagen penúltima a manera de residuo o quintaesencia según el punto de vista.

Las correas destinadas a inmovilizar extremidades belicosas debían insertarse en unas argollas metálicas que, aunque ocultas por los bordes de los colchones y la falta de costumbre de mirar en tal dirección, formaban un solo organismo con la armazón de las camas. De todas las camas de Elsinore. «Profilaxis», había dicho el sabueso, cara de perro de Pomerania, que se encontraba al frente del cuerpo represivo.

Todo estaba previsto. Todo el mundo, excepto los medios de comunicación masiva, sabía lo que allí podía suceder en cualquier momento. La dictadura del Dr. Schilling y sus secuaces podía ser cualquier cosa menos ignorante de sí misma. Era un poder que se pensaba y se repensaba, un poder ahí, ajeno a cualquier forma de inconciencia o parálisis.

Y quien desconociera todo aquello –en verdad no sé si ahora me refiero al funcionamiento del sistema, de la inexorable máquina en general, o simplemente a las argollas metálicas consideradas en su más inmediata materialidad–, quien no estuviera al tanto de su propia rebeldía potencial y del consiguiente aniquilamiento que le esperaba, sólo podía aprenderlo de una manera: *mirando desde el suelo*. El resto es silencio.

VI.

LA MARCA DEL FALSO DIOS

La inconfundible fabulación.

Sí, preocupado. Es más, preocupado no. Histérico. *Gruñi*.
Completamente furioso, dándome cabezazos contra la pared y
hecho un basilisco. (Entre paréntesis, ¡a que tú no sabes de dónde
viene «basilisco»!). ¿Por qué me hiciste eso, a ver, por qué?... No
me convences. Prueba otra vez... ¡Ajá! Yo sabía, yo sabía que el
no-sé-de-qué-me-hablas era un descaro tuyo y no sé por qué también sabía que era lo primero que me ibas a decir antes del no-me-
di-cuenta, so maricón. Nadie carga con diecisiete velas de las
grandes sin darse cuenta... Nada, parece que te conozco un poco.
¿Quién lo diría, eh?... Déjate de abuso verbal y de estar recla-
mando derechos, que, inciso a, no estamos en San Francisco, azul,
blanca, rosa, *gay*; inciso be, tú eres un hombre blanco y casado,
o mulato chino y pájara clandestina, que para el caso es lo mismo;
inciso ce, tu abuso conmigo, lo que tú me hiciste, no es verbal
porque ni siquiera tiene nombre, es una de las peores... Sí, amor,
aunque tú no lo creas, sí es para tanto. Se ve que tú no sabes lo
que es pasar una larga noche oscura y tenebrosa a solas con dos
mujeres tan, cómo decirte, tan imaginativas. Una detrás de la otra
y las dos a la vez. Y el pobrecito Fabián a solas con el enemigo.
Por poco muero... No, querido, yo no soy ningún ser de la oscuridad, yo no sé de dónde tú sacaste eso. Adoro la luz. Y sobre todo
lo otro no pienso entrar en detalles. ¡Fue denigrante!... Quizás
para ti no esté mal, porque tú eres, como decía una amiga mía,
un pervertido mierdero, un puerco exhibicionista, pero te garan-

tizo que yo no quería. De verdad que no quería… Ni siquiera he tenido tiempo para sentirme solo y extrañarte y ponerme romántico y todo eso… No soy cínico. Soy una pobre víctima. ¡Si me hubieras hecho caso!… No, ya sé que nadie me obligó. No tengo por costumbre sentirme obligado, tú lo sabes… Pero no es tan simple, no creas. Todo parece tranquilo, fíjate, y de pronto te ves envuelto en eso, y no puedes creerlo. Incluso te da por pensar que le está pasando a otro. Pero no. Es a ti mismo, a ti mismitico, y como quien no quiere la cosa te vas relajando, relajando, y ahí es donde ellas aprovechan y ¡zas! Acaban contigo. Pero ya te dije que no voy a entrar en detalles, no quiero revivirlo… Mira, nené, no sé si me siento bien o mal, pero seguro que no veo nada de qué reírme, ni siquiera de mí mismo. Cuando me roban las velas, ¡mis lindas velas!, y después me roban otra cosa, la primera facultad que se me inhibe es el sentido del humor… ¿Por qué me lo merezco?… Porque sí no es respuesta. ¿Por qué?… ¡Oh, no! ¡Pero entonces tú eres peor de lo que yo pensaba! ¡Eres una puta malísima!… Claro que sí. Malísima. A ver, déjame ver si entendí: te desconcertó que ella apareciera (aunque tú sabías muy bien que eso estaba dentro del orden de lo posible), pero no lo esperabas en ese momento y, por así decirlo, te sacó de paso. OK. Entonces, y ésta es la parte siniestra de la historia, por algún motivo que tú mismo ignoras, la cogiste conmigo y agarraste las velas. Las velas y su relación con el inconsciente. ¿Correcto?… Tu explicación es conmovedora. Estoy a punto de llorar. Fíjate que me recuerda el cuento de las locas envidiosas que le rompieron el reloj de péndulo a otra loca para que usara reloj de pulsera como todas y no fuera tan pretenciosa. Tú hubieras hecho lo mismo… Seguro. Eres abominable. Te odio, te detesto, no quiero verte más nunca en mi vida… Bueno, no hay que exagerar… Yo no dije eso… Mi amor, yo no puedo creer que tú estés hablando en serio… ¿Será posible? Mira, te voy a decir, porque la verdad es que me fascinan estas transiciones tuyas, tan neuróticas. No es trágico ni es cómico. No es nada. Es una tontería de las que ocurren todos los días sin la menor trascendencia. Yo te lo pinté así para hacerte reír porque me gusta cuando te ríes… Sí, porque estás como ausente. Te lo he dicho una pila de veces en todas las maneras que sé decirlo. Pero nada, querido, eres de piedra. Eres una estatua ecuestre. Como dicen los payasos esos, «cuestre lo que cuestre»… Lo de las velas, no creas, en verdad me causó algunos pequeños inconvenientes. Le derramé el café arriba a ni vecina, por ejemplo, y se molestó mucho. Precisamente fue ahí donde se quitó la ropa. Es vengativa. Si la conoces algún día, cuídate de ella. No le gusta que la embarren y en cierto recóndito sentido no deja de tener razón… Pero eso tampoco tiene ninguna importancia, chiquito… ¡No seas idiota! No hay nada más idiota, ¿sabes?, que una persona inteligente cuando se pone idiota… ¿Tú estás seguro de que no te estás burlando de mí? Lo preferiría, ¿sabes? Estas escenitas de celos telefónicos y fuera de lugar me ponen los pelos de punta… Pero claro que no. A ti nada más se te ocurre. Tú tienes la gran suerte de que a mí me importa un octavo de bledo hacer el ridículo… ¿Para qué hablar de eso, nené? Eres muy insistente. Eres un puñetero mosquito… Ya te dije que no fue nada. ¿Tú no te acuestas con Cécile? Es lo mismo… Ya sé que tú eres tú y yo soy yo, no estoy esquizofrénico ni tengo problemas de identidad, aunque en este caso, para serte franco, no me queda muy clara la diferencia, ¿por qué yo no puedo hacer lo que tú haces? No me refiero a escribir y eso… No empieces a enredarte tú mismo, amor que vas a terminar creyéndote tus propias ficciones y confundiéndote con los personajes de tu novela, los cuales, me disculpas, no son nada dignos de imitación. Ése del rostro renacentista, por ejemplo, el que se parece a no sé quién, es lo más comemierda y lo más… No, *baby*, no estoy cambiando el tema, soy incapaz de eso. ¡Es tan edificante lo que estamos hablando! Tampoco me atrevería a intentar manipular a un escritor a cuenta de su vanidad… Oye, anormal, si eso te tranquiliza (ya sé que tu culto fálico es monstruoso y, déjame decirte, muy pasado de moda), te diré que no se la metí a ninguna de las dos… Déjate de ironías conmigo, que tú sabes bien que eso no es verdad. Si algo me molesta en esta vida es la gente irónica que se pasa todo el tiempo… No es que sea de oro ni que se gaste, querido. Y tampoco cobro por centímetros (a propósito, ¿te acuerdas del tipo ese del cuento que tenía tatuado un cartel que decía «recuerdos gratos de Constantinopla»?), ni lo hago en medio de la Plaza de la Revolución un Primero de Mayo. No es que me parezca mala idea, las multitudes pueden ser estimulantes, en serio, pero la verdad, la verdad franca, es que nunca se me había ocurrido. Es más, podemos probar si tú quieres… ¿Pero tú sigues con lo mismo? Mira, tonto del culo, lo que pasó fue que la pequeña no quiso. Ya no quiere. Yo no sé si quiso alguna vez. Tiene miedo, parece, después de toda aquella historia que ya conoces… No, ni así. ¡Pero mira que tú eres!… El miedo es el miedo. Si no es irracional, entonces no es miedo. Y la verdad es que yo en estos tiempos no me siento con ánimo para obligarla a nada. Y la rubia (si la ves, mueres, igualita a Sharon Stone, más delgada, quizás), mira tú, mira tú que cosa, con ella no se me para… Te lo juro… Oye, por la bolsa del canguro… Bueno, ya era hora de que te rieras. Aunque no dejo de advertir en tu sarnosa y miserable risa un dejo de malevolencia. Pero no te preocupes: ya me llegará la hora de tomar cumplida venganza… Es una cuestión de honor, como en las sanaquerías de Lope de Vega, amigo mío. Uno, simplemente, no puede quedar en entredicho… Cosas que pasan, ya te lo dije, cosas que pasan… Ahora sí que me la pusiste difícil, nené. La verdad es que no tengo ni idea de lo que vamos a hacer. O bueno, sí. Tengo una idea, una excelente idea, tú sabes cuál es… Sí sabes. No te hagas el loco. Ella duerme un sueño intranquilo en el fondo de mi corazón y tiene el cabello largo y endrino… Después tú dices que soy yo el que cambia el tema y se va por la tangente. Pero no voy a ser terrorista, querido. Te diré amablemente que no es redundancia, sino algo que al parecer tú desconoces y que se llama acusativo interno. Una vez estudié griego, ¿no te lo había dicho?… Sí, soy muy ilustrado. Mucho más que tú, que no debería ser. Me gusta sobre todo la cosa griega. Aquí en el barrio me dicen «Fabián el Clásico». Si me frecuentaras más, podrías aprender mucho para tus novelines y todo eso. Detesto las ramplonerías y me encantan las noticas a pie de página llenas de comentarios eruditos. Pero retomemos el hilo central de nuestra amable… Sí sabes. Ya te dije que no te hicieras el loco. Loca sí, pero loco no. Yo voy caminando de aquí para allá por dentro de tu cabeza, mira qué linda, y te lo repito todo el tiempo. De vez en cuando hasta hago un grafiti, una pintura rupestre… Atiéndeme, te presto el carro, ¿no te gusta manejar a exceso de velocidad y demás proezas? Ahí tienes la oportunidad de tu vida. A propósito, no debes hacerlo, hace poco oí hablar de un tipo parecido a ti que se descojonó la columna vertebral y se hizo talco el eje equis por andar de Fangio por el mundo o algo así. Creo que era ciclista, no sé. Pero, en fin yo pago la gasolina y tú haces lo que te dé la gana. Me encanta verte hacer lo que te da la gana. En el maletero hay una sorpresa para ti. Se trata de uno de mis más recientes hallazgos arqueológicos. Te lo doy cuando lleguemos al bosque. ¿Qué te parece?… ¿Qué tú dices, niño? No entiendo ni hostia… ¿Qué un día te vas a volver loco y me vas a partir la cabeza de una buena vez? No está mal, no está nada mal… En serio, encuentro sumamente interesante lo que acabas de decirme. Veo que estamos avanzando. Poncha el día de hoy y esta conversación en tu memoria y muy pronto, espero, vas a comprender por qué me parece tan interesante. Diría que hasta increíble me parece. Sólo un detalle que se te escapa: para hacer eso no hay que estar precisamente loco. Y otra cosa:

no vuelvas a decirlo, sobre todo si puede escucharte otra persona que no sea yo... Es por tu bien, estúpido, amenaza es un delito, no tienes ninguna necesidad de complicarte así la vida... No, no soy yo. Eres tú. Aunque, para ser justos, la verdad es que algo, que por comodidad operativa podríamos llamar «destino», te ha puesto entre la espada y la pared. Nada, muñeco, que has caído en una ratonera. En una hermosa ratonera como un hermoso ratón... No vuelvas con el asunto ese del sol, *please*. No se puede ser escritor todo el tiempo. Es malo para la salud... No entiendo por qué no te gusta el bosque de La Habana. Tiene mucho que ver contigo, créeme. Pero en realidad sí entiendo. No digo yo si entiendo. Lo que pasa es que como tú vienes de Camagüey y eso, perdona que lo recuerde, a veces se me olvida que «en el fondo», que no es tal fondo, pero bueno, te sientes de lo más europeo y que, si pudieras, me cambiarías a gusto por Roland Barthes. Pero no puedes. Esa es la dura realidad, mi amor. No puedes. Roland Barthes se murió. ¿Me oíste? Se murió... No sabes nada del bosque. Pero nada de nada. Tendrías que estudiar mucha Botánica, y mucha Historia, y de verdad saber de Literatura y ver mucho Cine y, por supuesto, salir conmigo de la madriguera. Y no como dices que harías si estuviéramos en San Francisco. Por cierto, vi tu pasaporte, no dice nada de los Estados Unidos. Tu dirección es otra, no me vengas con cuentos de hadas, amorcito. Y mira que un bosque, hasta el más insignificante, se hace de Botánica, Historia, Literatura, Cine y un servidor, especialista en susurros vegetales... Ven acá, chico, ¿a ti nadie te ha dicho que no es de personas inteligentes eso de decir que a uno no le gusta lo que a uno sí le gusta?... En general quizás no, pero en el caso que nos ocupa te aseguro que no es inteligente. Y no sé por qué tengo la impresión de que has admitido algo, ¿o no?... Parece que te importa demasiado ser inteligente... En otro lugar me daría lo mismo, yo lo decía por ti, en consideración a tu amor por la naturaleza. Si me rompes la cabeza, como tú dices, en el baño del lugar ese, tú sabes, va a ser algo muy pero que muy sucio y vas a coger tremenda mala fama en los predios de La Habana subterránea. Tú eliges… ¿Otra vez lo mismo? Tú no descansas, te pareces a la villana de la telenovela… No. Ene o. Ni lo sueñes. Eso no lo voy a hacer. Fíjate que tienes tremenda puntería: eso es precisamente lo único que yo no haría por ti, mi amor… Sería lo último, te lo juro, lo último que yo haría en la… No es por lástima. Se trata sencillamente de que no quiero, sin más explicación. *No quiero*. No todo en esta vida puede ser a tu gusto, vas a tener que acostumbrarte… ¡Qué curioso! Yo podría decir lo mismo de ti, querido. Hay que ver lo fácil que te resulta asumir los lugares comunes. O soy Calígula o soy un reprimido que no me atrevo a esto o a lo otro. Como si todo en la vida fuera atrevimiento. ¡Qué desesperado y qué inseguro suena en tu voz eso de reprimido! Es una palabra horrible… ¿No te has puesto a pensar que a lo mejor ella me gusta?… ¿Por qué tan claro?… No, no es bonita a la vista, de acuerdo. Pero tampoco hay que estar muy jodido, como tú dices, para estar con ella. Porque algunos seres humanos tenemos también otros cuatro sentidos, ¿lo sabías? Y por esos otros cuatro sentidos pueden colarse de maravillas en el disco duro… ¡Pero qué tierno te vuelves de repente! Me repugnas. El hecho de que a uno le guste una persona no significa para nada que uno tenga que tratarla como si fuera de cristal. Al contrario, es de lo más divertido si uno no… Yo lo veo precisamente al revés. ¿Acaso tú no quieres romperme la cabeza a mí? Eso es mucho más agresivo. Claro, tú me quieres más a mí que yo a ella, tal vez, tal vez. Y yo lo hago fríamente y tú no. Tú eres de lo más pasional. Mira, creo que se trata de algo bastante complicado como para resolverlo ahora. En realidad casi nunca me da por pensar en esas cosas, me dejo llevar y punto. ¿Por qué no pruebas a hacer lo mismo?… Era una simple sugerencia, no te estoy mandando que hagas nada… No seas tan susceptible… ¿Por qué no te vas a dormir ahora? Llevamos tremendo rato hablando, nadie podía creer que dos personas son capaces de aguantar tanto tiempo en el teléfono sin que les duela la oreja, esto donde único pasa es en tu novela… Me parece que estás muy tenso, lo de ir a dormir te lo digo en serio… Si tú lo dices… ¿Pero qué te pasa?… No entiendo nada, no grites… Ya sé que conmigo no se puede razonar. Desde que era chiquito me lo han estado diciendo a toda hora: he tenido la desgracia de vivir entre personas que se pasan el día entero razonando, a solas y en grupo. Se suponía que tú lo supieras. De todas maneras, nunca pensé que lo que te gustaba de mí eran mis brillantes razonamientos. Todos los días se descubre algo nuevo. A propósito, tú sí que razonas de maravilla, Aristóteles es una mierda al lado tuyo… No soy sarcás… Si eso es lo que quieres, no hay lío. Se acabó. No te pienses que me voy a poner a llorar… Pero no te lo vayas a tomar demasiado en serio, querido, que tú sabes bien que las cosas no se hacen así. Yo estoy dentro de tu cabeza, ya te lo dije. Yo te conozco y tú vas a soñar conmigo y vas a verme por todas partes todo el tiempo aunque no quieras.

¿Sabes que si me da por condenarte a morir ahogado, tú vas a salir y te vas a tirar por el primer puente que encuentres? De cabeza. Seguro que no lo sabes… Por favor, no cuelgues. Eso no está bien. Después te va a costar más trabajo volver a llamar y no quiero que te sientas mal… Porque te quiero mucho. Disculpa, ¿está bien? No estoy molesto contigo. Quédate tranquilo y llama cuando quieras… Te quiero mucho de verdad, no tienes idea… Un beso…

Como diría Abner Dean en un pie de grabado a su hombrecito desnudo o a cualquier otra persona: *don't analize, dream…*

La Mirada se detiene en las manos de la modelo, donde, siempre generadora de imágenes, la superficie violeta perla de las uñas convoca al ensueño. La sacerdotisa, otra vez personaje del aire, aunque desprovista de la corona de pámpanos ahora junto a la franja cambiante con que la luz de la lámpara incide sobre el violeta perla, siente cómo se renueva el placer de ver más allá de lo siempre visto.

Sobre el esmalte iridiscente, un silencioso panorama en blanco y negro parecido al de las primeras películas. Allá en la transparencia un cielo nublado, un horizonte, quizás una playa lúgubre. Espejos y metales lacerantes. Multiplicada en cada óvalo la figura inverosímil de una sirena de trapo que, sobre arrecifes, esquirlas o despojos de naufragio, no se distingue bien (soy medio cegato), hace un guiño a la luna, cubierta de volcanes y demasiado astronómica para mi gusto, mientras se deja abrazar por un enano con sombrero de copa. En uno de los cuadros del Bosco, recuerdo ahora sólo por relacionar y deslizarme como la belladona, aparece un diminuto personaje con sombrero de copa, artefacto que, como tú bien sabes, no se usaba en aquella época. En la actualidad tampoco se usa, no sé por qué.

Los nubarrones rodean agresivos a la luna. Cobran vida para torturar y es romántico. La asaltan, la penetran, la hacen búcaro, nave que va o buen lugar para una danza con hogueras y escorpiones. Todo es oscuro. La sirena de trapo se sobresalta. Luce angustiada y no es por gusto, eso de que lo estén mirando a uno todo el tiempo como si uno sólo existiera porque alguien lo mira…

El enano vuelve una cabecita semejante a la de un alfiler etrusco algo aplastado por el tiempo, los malos orfebres y el aguafiestas de Halicarnaso. Lo hace para enfrentar de una vez el sueño convertido en asombro de Camila con un rostro microscópico y feroz que crece y crece hasta alcanzar casi el tamaño de los óvalos.

La sacerdotisa sonríe. Se siente libre y a un tiempo responsable de sus visiones. Y de repente la playa, los personajes, la escena toda, desaparecen en un remolino como arrebatados por un coloso de Brobdignag. Camila parpadea, emerge del desastre para seguir la pesquisa a través del aire y mira a Bibiana, quien ha movido las manos y con cierto disgusto le ha preguntado de qué sé ríe ella, chica, está loca o nunca ha visto unas uñas pintadas, eh?

Todo esto (y mucho más) sucede porque nadie lo advierte mientras las dosis son mínimas. Ojo con las grandes, que producen el efecto de una rosa azul o de un paisaje Op, la torre de Lieja o un cuadro de Vasarely, de ésos que parecen iluminados por detrás. Una música sin melodía, interpretada en una mezcladora por el cuarteto que forman el silbato del policía, el violín roto, la máquina de escribir y una gota de agua. Incluso pueden causar, llegado el caso, un deprimente coma barbitúrico. El sonámbulo, entretanto, se pasea impune con los brazos extendidos entre los demás sonámbulos. Todos con su etiqueta en la espalda se creen despiertos y se desconocen entre sí, lo cual me provoca una gran alegría.

La sacerdotisa, quien no ha conseguido evadirse por completo (?) de las soluciones más desesperadas del Dr. Schilling, lleva consigo la marca del falso dios, del hacedor frustrado. Entre las represalias posteriores al fracaso de la revuelta se cuenta el hecho de su envío inmediato y forzoso al psiquiatra de Elsinore, elemento sombrío y algo Caligari, quien diagnosticó en aquella ocasión un notable coeficiente de inteligencia (Camila resultó ser toda una señora experta resolviendo *tests* y armando muñequitos) y una avanzada desintegración de la personalidad, por no hablar de los trastornos sociopáticos de «inadaptación social» y «desviación del impulso sexual», síntomas todos ellos harto peligrosos y que requerían sin más aplazamiento de una fulminante guerra química. Con la anuencia, desde luego, de la víctima, simpática paradoja. Espero que no te incomode el que yo, al igual que Fabián, hable en términos de «víctima».

Camila, sin embargo, sigue pareciendo para los incautos y los miopes una persona como las otras (bueno, más o menos, tampoco hay que exagerar), una persona de esas que «luchan y enfrentan los problemas y son artífices de sus propias vidas», utopía, según ella, de esos curanderos del espíritu a quienes la ética —una de ellas, más conocida por «pelética»— prohíbe ayudar en serio, es decir, prestar dinero o recetar psicofármacos.

El enmascaramiento, proceso ideal para ser llevado a cabo por (o sobre) una actriz, es lento pero indetenible. Se trata de algo parecido a una cortina translúcida, como de *moaré*, que va cubriendo las zonas más vibrantes, más sísmicas de su memoria. Transcurre en medio de esa misma quietud en cuyo nombre Fabián y la ilustre niña reclaman historias violentas. Su precariedad —de sustancia siempre a punto de disolverse— es notable en tanto requiere para existir de un estímulo, de un alimento blanco, si no constante, al menos muy frecuente y, sobre todo, cada vez más intenso como el abrazo de los grandes reptiles.

Si por un instante ella se propusiera desertar de la guerra química que sostiene contra sí misma (recuerda que hablo en términos de «víctima»), su cuerpo lo haría evidente, un ángel maldito volvería a poseerla, con lo cual sería descubierta y estigmatizada enseguida —igual que antes— por los demás sonámbulos, siempre dispuestos, como ya sabemos, a condenar una droga diferente de las suyas. Pero «droga» es una mala palabra, no en sentido moral, sino más bien estético; se suele hablar mucho de la «droga» y uno vuelve a creerse importante. Este tipo de confrontación exige, no sé por qué, más justificaciones —«Yo hago esto por orden del médico, créeme. Mira, ahí lo dice»— que uno donde se empleen armas convencionales y hasta nucleares. Quizás porque se le asocia demasiado (o no) con un placer extremo y, por lo tanto, prohibido. Se debería tener más cuidado, pensaba ella (cuando pensaba), a la hora de prohibir. Seguía sin ser original.

A pesar de la aparente restauración y de las visiones, el alimento blanco no es una fiesta como en su momento lo fuera el alcohol, la marihuana e incluso la coca con elefantes rosados y poemas de François Villón. Por aquellos tiempos de «hipindanga», ya felizmente olvidados, Camila era fuerte, le gustaba jugar a ir más allá de todas las puertas a invadir los espacios improcedentes, a no leer las escrituras, a conquistar la ciudad perversa. No se rebelaba contra nada, porque todo parecía permitido, de algún modo legal, y su rebelión no le hubiese importado a nadie. Todo consistía, me han dicho, en amputarle al sistema (no hablo de política, sino de algo quizás más consistente) su capacidad de aterrorizar. Ella recorría viejos caminos como quien descubre a los Pink Floyd *running over the same old ground* y la paz de los sepulcros. Además, no le interesaban los grupos ni los lamentos a coro, era una loquita solitaria. No le atraía para nada la idea de engrosar las filas de «una parte de la juventud cubana –había que dejar bien claro que sólo se trataba de una parte, con reconocer su existencia ya era suficiente– que ante la crisis se mostraba desesperanzada y cínica». No, la sacerdotisa no era cínica y nada se parecía tanto a la esperanza como aquello sin nombre que le había deparado la lectura de Wolfy. En realidad era como si no hubiese otra vida para ella. Nunca antes había tenido a su alcance una coartada tan perfecta como ahora.

Ahora todo comienza con una extraña despersonalización. (O'Neill también la describe como «extraña», aunque él se refiere a la morfina. En el fondo, supongo, la diferencia es cuestión de grados). Luego sigue la calma, la ataraxia, la sensación de atemporalidad, la Mirada ajena y neblinosa, por momentos enucleada como cuenca de Santa Lucía. La percepción se debilita. Los ángulos inquietantes y las líneas quebradas se redondean. Reverso de la deformación expresionista, se vuelven materia acariciable como la piel de algunos niños y conejos y frutos septentrionales, como el terciopelo. Todo es entonces más suave, más tenue. Más aceptable. Cada objeto, cada palabra, se reviste de una aureola de trivialidad como si de intento quisiera facilitar la tolerancia. Desaparece al fin el dolor, todo el dolor. Aun aquel que desconocemos porque siempre ha estado ahí y sólo su ausencia temporal nos da la medida del espanto en que vivimos.

«Soy una diáspora, la visión final del estallido», diría Camila si en verdad tuviese algún interés en explicarse. «Estoy disgregada, puedo representar diversos personajes cuando yo quiera, puedo hacerlo bien y convencer a todo el mundo. Pero no estoy comprometida con ninguno de ellos. Cualquier apariencia de unidad, de sujeto coherente deducible de lo que digo, es una ironía. Si aparece alguien, no ya determinado a negar las construcciones existenciales, sino incluso con manía de orden, alguien incapaz de percibir la corriente de poesía que fluye de todas las cosas, metido hasta el cuello en el *revival* religioso que es parte del mismo espíritu *post*, para explicarme que la vida sin amor, ¡oh, el amor!, engendra drogadictos, seres, en su opinión, de sensibilidad gastada como los *escats* y los vampiros, lo escucharé atentamente y después lo incluiré. Me gusta escuchar, aprender, puedo devorarlo todo, mi estómago es infinito. No hay escape. Soy una diáspora, soy mis fragmentos».

Fabián no ignora lo que sucede porque la ha visto hacerlo. La ha visto ir a la farmacia de la esquina con sus papeles llenos de cuños y firmas el último viernes de cada mes y regresar apacible, acartonada como una muñeca vieja que no se oculta a pesar de la cara y las sospechas del dependiente, una cara de medicamento controlado y deficitario, de exquisitez a precio de oro en el mercado negro, una cara que Fabián intuye y descuida a la vez. Le da lo mismo: no es gente de entrometerse en las extrañas despersonalizaciones de los demás.

Claro que ya no se acuestan. Humillar a alguien que ni siquiera se da cuenta resulta, hasta para él, demasiado decadente. No la expulsa, sin embargo. Se alegra incluso de que ella rechazara la oferta de Bibiana. Nada más ajeno a Fabián que el estilo rimbombante de esos tipos bohemios, sarcásticos de la segunda postguerra, que no tenían, según ellos, esencia, sino existencia, y que se la pasaban abandonando a sus mujeres, días enteros en las ramas. Ni que ellas, prostitutas, madres solteras, desastrosos y comprensivos bichos, fueran dignas de ser abandonadas. (Para Fabián «abandonar» significaba «tomar en serio», no por gusto muchos lo consideraban loco). En las circunstancias actuales ha aprovechado, muy a su manera, la *belle indifférence* de la sacerdotisa para legalizar su matrimonio, si bien no ha conseguido, por intromisión de sus parientes empeñados en divorciarlo bajo la consigna de «Escándalos no», registrar el apartamento a nombre de ella. Por último, ha llegado a olvidarla casi del todo, del mismo modo en que la gente se olvida a veces de sus gatos que van y vienen distantes, aristocráticos cazafantasmas.

Ahora la sacerdotisa pasea mucho como si buscara algo; recorre las calles de La Habana de norte a sur y de este a oeste como quien persigue lo único que, a pesar de la distancia, aún no se ha perdido bajo el sol y entre la gente. No se apresura. No puede apresurarse si de vez en cuando su imaginario pedestal simula una escalera rodante para hacerla perder el equilibrio o si de repente sobreviene la oscuridad y la sorprende sin velas.

Sólo por probar, le ha preguntado a Bibiana si, por una de esas casualidades de la vida (porque la vida está llena de casualidades, algunas horribles y otras no tanto), ella conoce al autor del cuento leído por Wolfy. Cualquiera puede conocer a cualquiera, a lo mejor se habían visto en el aparatoso lanzamiento del libro, ¿quién sabe? La modelo, como de costumbre, se ha quedado perpleja. ¿Acaso se puede conocer a los autores? Ella siempre había creído que todos los autores estaban muertos. Hay que ser muy descarado, muy cara de papa, piensa, para estar vivo y dedicarse a semejante actividad. De todas maneras, ella no se relaciona con ese tipo de gente. Al menos por ahora.

La sacerdotisa ha dicho que el cuento no es gran cosa, quizás ni siquiera sea un cuento, pero ha añadido que el autor debe ser una persona sumamente interesante y jovial y que a lo mejor valdría la pena conocerlo. A la modelo le ha parecido que tantos golpes en la cabeza y en otras partes del cuerpo han acabado por desquiciar del todo a su hermanita. ¿Qué estaba sucediendo? ¿Qué transformación brutal estaba teniendo lugar en su pequeño reino privado? ¿Por qué los romances externos, por llamarlos de alguna manera, se empeñaban en corromperlo todo? (Hay que tener en cuenta que para la ilustre niña el término «todo» designaba por aquel entonces una noción más bien restringida). Primero el loco con un lirio –por suerte extinto– y ahora la sacerdotisa con un autor, relación esta última que Bibiana ha erotizado sin pedir permiso a nadie, aunque presumo no se equivoca demasiado. Pero no ha dicho nada al respecto. Sólo ha preguntado qué significa «jovial» y Camila le ha contestado desde muy lejos que nada, que sólo se trata de una palabra bonita y juglaresca. O juglaresca y bonita, si te suena mejor. O, si lo prefieres así, no diremos juglaresca. Bonita a secas.

Entre caricias que la sacerdotisa parece no sentir, desnudas las dos sobre la cama redonda de Bibiana con su fabuloso colchón de agua, la ilustre niña ha querido saber de qué trata el maldito cuento que ni siquiera es un cuento y que para colmo tiene a su hermanita convertida en una tusa. Camila no ha discutido el símil: está acostumbrada a otros potencialmente mucho más ofensivos. Tampoco ha explicado que así es como debió, según ella, estar siempre, Gran Tusa Óptima y Máxima, que ese cuerpo incapaz de responder a la humedad y la tensión del otro, a la demanda verde, ansiosa y azul, es apenas ella misma, libre de alguna enfermedad demasiado anterior como para ser recordada. Semejante omisión, semejante silencio, se debe no tanto a un prejuicio como al hecho de que la hermanita está mucho más interesada en el misterioso autor que en su propio cuerpo, circunstancia ajena a la comprensión de Bibiana, a quien le gustan los hombres tan sólo en la medida en que ellos la deseen primero.

Camila persiste. Acariciando ella a la modelo y haciéndola estremecer por caminos que sabe de memoria —restos de memoria corporal aún intocados por la cortina de moaré—, blanca, rubia, suave, otra vez reverso de la deformación expresionista, le ha dicho por fin que el cuento jovial, linda, rica, es algo así como el episodio final o pseudofinal de la historia, así, qué paraditas están y qué duras, de tres muchachos muy alegres, Julio, René, y Thais, despacio, despacio, bueno, el Nombre no importa, ¿por qué no me lo haces con la lengua?, porque no he terminado el cuento y no se puede sacar la lengua, escupir y chiflar *at the same time*, de tres muchachos muy alegres, te decía; que se encierran en una casa vieja, creo que en La Habana Vieja, ¡oh, cuánta vejez!, para vivir y morirse ellos solos porque parece que no se llevan bien con el resto de la humanidad, no seas tan loca y aguanta un momento, yo quiero ahora, creo que lo de La Habana vieja yo lo inventé, suéltame, pero todo resulta fatal, sin embargo, porque el narrador, dije ahora, espérate mamita, todo a su tiempo, porque el narrador parece convencido de que sus héroes son tremendos tipos que están haciendo la gran cosa, lo de morirse es lo que no me gusta, ¿falta mucho?, no, un segundo, después de todo fuiste tú, ñiñi, quien preguntó, pues me arrepiento, pues arrepentirse es como querer cambiar el pasado, el pasado no, el presente, en fin, el narrador en cuestión se esfuerza por parecer trivial, pero no lo consigue, es, como decirte, impetuoso, ingenuo, joven, ésa es la palabra, joven, y no te hablo de años ni nada de eso, ¿está claro?

Qué va a estar claro. Bibiana lo ha encontrado muy inapropiado, por no decir aburrido, pues detesta que le den clases de Literatura, que le den clases en general, cada vez que pregunta algo. ¿Qué coño les pasa a todos estos locos que en lugar de templar como es debido se la pasan todo el tiempo hablando de libros y más libros? (Años más tarde, como consecuencia de un trauma que ya te contaré, la modelo se encontró imposibilitada para siempre se excitarse si antes no le hablaban de semiótica, post-estructuralismo, crítica formal, teoría de los campos y otras porquerías que sus desdichados amantes no conseguían aprender). Nada, que a ella le resulta difícil mantener la atención cuando la cosa se pone demasiado discursiva. tiene que aprender a ser menos preguntona, al menos en el fabuloso colchón de agua, allí donde nadie piensa antes de hablar.

Por lo pronto, ha silenciado el asunto del narrador impetuoso con una perlita rosada y húmeda, también impetuosa y sensible a más no poder —su juguete preferido y también alguna vez el juguete preferido de Camila—, que restriega contra la cara de su petulante hermanita, cállate ya, se acabó, ¿me oíste?, cállate ya, todo lo cual resulta más interesante sin duda que el Nombre del joven audaz del trapecio volador. Nombre que sólo se escucharía sobre aquella cama redonda algún tiempo después, cuando de último llegara a ser sin discusión el primero.

La imperturbable personalidad del transeúnte.

Fabián, agazapado y siempre cerca del teléfono, se dedica sin mucho entusiasmo a vigilar el humo, la almohada y los sonidos de puertas y ventanas al cerrarse. Como si no supiera cuándo ni por qué vía le va a llegar el mensaje que espera y que lo es todo para él. Mientras tanto lee. Ya no con la satisfacción de desentrañar lo que un año atrás aún le parecía enigmático, sino con el abandono, tal vez feliz, de un residuo a la deriva, de una cáscara, cuyos bordes acaricia y muerde la corriente.

¿Conoce en realidad esa lengua? A veces se lo pregunta. Le resultaría difícil, terriblemente comprometedor, el mero intento de recitar de memoria listas de conjugaciones, declinaciones y verbos irregulares. Le gustaría poder hacerlo quizás por tratarse de una habilidad poco frecuente y del todo inútil, una tarea con algo de *happening* o de ritual. (De igual manera, cierta muchacha que conozco es capaz de sostener un creyón de labios entre los senos y maquillarse con él moviendo solo la cabeza). O tal vez porque no parece haber nada como la Gramática Griega, incluso la más atenuada, para poner punto final a una conversación desagradable. Empiezas, por ejemplo, con los verbos en -ié del primer tipo y el enemigo huye despavorido. No hay quién resista más de dos verbos seguidos. (Algunos genios de la incomunicación y el terrorismo pretenden que la *Lógica* de Hegel puede ser mucho más útil en circunstancias semejantes, cuestión de punto de vista). Tales listas, desgracia de los escolares apabullados como yo, jamás constituyeron un problema en la vida de Fabián, autodidacto que, libre de exámenes y maestrías, se limitó al manejo fluido de las formas más corrientes. La *Ciropedia*, libro de cabecera, llegó a determinar, en cierto sentido inexpresable, su propia educación.

Ahora, cuando lee, sabe que si no regresa a su pequeña Hélade, como el viajero que devuelve los nombres y colecciona mariposas, es porque de ella no ha salido nunca. Porque de ella no sale nunca. Porque ha sido atrapado para siempre, igual que las mariposas del viajero, prisioneras con nervadura de hojas entre las páginas de un libro sagrado que cada generación de hombres vuelve a repasar para cubrir los márgenes de escolios, para encontrar sus propias huellas en la vieja tierra y en el viejo mar y así justificarse y urdir nuevas historias.

Como si limpiase la pantalla de garabatos, diminutas flores y setas (información confidencial, código secreto) tras una explosión, vuelve a nacer inocente, inmaculado, heroico. Dueño de un país escarpado, lleno de puertos con tabernas y burdeles. Estatua blanca, lavada y rota, que preside la entrada de la Acrópolis, o tal vez auriga que sólo conserva de su equipo broncíneos casi verdes fragmentos de riendas. Dialoga con su *thymós*, siempre dialoga, sobre los últimos Juegos Píticos o sobre un escudo que contiene al mundo. Su cuerpo, que es perfecto y anterior al concepto de la culpa, al silencio y a la ropa, recobra la vitalidad perdida, derrochada en tantas aventuras asfixiantes, y camina junto a los otros, doscientos noventa y nueve tebanos también hermosos en Queronea, mientras entonan el peán en espera de la epifanía... y entonces no es el dios, sino el timbre de la puerta quien viene a detener el agua délfica, a interrumpir en lo que fluye. Así es la vida de mierdera.

Son dos conocidos o conocidas, dos neutros en fin –«neutro» no significa «homosexual», significa, precisamente, «neutro», no vayas a confundirte–, que han visto en el cine de la esquina una película belga, aburridísima, sin música ni efectos especiales, sin un solo extraterrestre, sin una sola escena de persecución, una película de esas donde la gente ni se habla casi, carente de «sexo, violencia y lenguaje de adultos» y, pese a todo, prohibida para menores. Porque la gente en Bruselas hace cosas extrañas que traumatizan a los menores mucho más que una violación en grupo o un sangriento tiroteo en el Central Park de New York. Los neutros vienen a que él –aunque pudiera ser otro cualquiera– les prepare un té y les cuente algo.

Fabián deja a un lado sus libros mientras se pregunta cómo los recién llegados han conseguido averiguar su dirección particular a pesar de confundir el apartamento con una casa de geishas, si los belgas de la película o los de la vida real serían capaces, como él, de resistir la embestida de una visita insustancial y repentina –suceso, quién lo duda, habitual en La Habana, donde la idea de la respetabilidad del espacio y el tiempo ajenos, para bien o para mal, está apenas esbozada–, sin rebelarse contra los sagrados deberes de la hospitalidad ni sacar a relucir la declinación contracta o los verbos en -ìé y otras nimiedades por el estilo.

La sacerdotisa, quien acostada en el piso sin temor a la posibilidad de una úlcera por decúbito se dedicaba a observar los cirros del techo, se levanta y huye veloz en dirección al cuarto. Fabián no dice nada. Los neutros están al tanto, Dios sabe cómo (los neutros siempre están al tanto de todo), de que él tiene una mujer extravagante y no muy sociable, pero tampoco ignoran que no es buen tema para una amable charla, pues ¿cómo interpretar y discutir ciertas ausencias sin agitarse un poco? También saben que exigir la cortesía a menudo carece de sentido. Se miran por un instante y ambos procuran sonreír de la forma más simpática posible.

Fabián mezcla el azúcar y más o menos el té los rescate hacia el final de la tarde de un silencio espeso donde se va haciendo cada vez más evidente que no tienen nada que decirse. En verdad a él no le gusta el té, pero piensa que quien no soporta una incomodidad bien puede soportar dos y tres y hasta cuatro. Sólo a la quinta le entran deseos de estrangular.

Ambos neutros han sido en su momento amantes de la lluvia o aventuras asfixiantes para Fabián. No los dos a la vez, desde luego; el relajo con orden. Y aunque el loco luce muy requetebién y es divertido y todo, ambos (o ambas) lo han dejado, si es que alguien como Fabián se le puede dejar –que lo diga el narrador–, porque en el fondo es un tipo insoportable del que todo puede esperarse, ya que se empeña en no reaccionar jamás de manera convencional. Eso de reírse en un velorio, en la mismísima cara del muerto, o sacarle la lengua a una viejita, o llenarle a uno los bolsillos de escarabajos vivos, o salir a la calle con una sayita de cuadros, disfrazado de *highlander* del clan Mc Gregor, o no respetar las leyes del tránsito atenido a lo que él llama con total descaro «la imperturbable personalidad del transeúnte» es más de lo que cualquier otro neutro puede aguantar. Ahora ellos (o ellas o él y ella) se aman entre sí, o a lo mejor no, qué importa. Fabián, el dichoso excluido, no cuenta para nada ni nada tiene que contar. «Como geisha no hubiera ganado ni para el pan». Piensa.

No obstante, aunando esfuerzos y voluntades, logran al fin entretejer algo parecido a una conversación. Un intercambio de palabras y palabrejas que se pretende maledicente, chismoso y bretero, alrededor, alrededor de un ínfimo individuo –Fabián apenas lo conoce de vista– de entrecejo hirsuto y lastimeramente ceremonioso, un ser de ésos de baja estatura que ponen la cara seria cuando se imaginan que están haciendo algo serio. Un sujeto idóneo para ejercitar el ingenio, para que nadie se atreva a repetir que fue Voltaire el último escritor feliz.

Se burlan de él a más y mejor, pues resulta que el homúnculo en cuestión, tan cubano como el pájaro mosca, el murciélago mariposa y otros híbridos, escribe ensayos o algo así nada menos que en alemán con el insufrible pretexto de que no consigue expresar su riguroso, disciplinado y *Deutsche* modo de pensar en castellano *drecho*. Y para colmo, pues la cosa no se detiene ahí, el hispano renegado atribuye a sus actividades intelectuales y a su comportamiento en general un «sentido profundo». No tiene suerte con las mujeres (bueno, en realidad las espanta) y sólo le falta afirmar que vivimos en el mejor de los mundos posibles, aquel cuya variedad en la unidad es mayor, puesto que el mal metafísico, del cual dimanan el moral y el físico, no tiene nada positivo, sólo sirve para definir por sus límites al bien metafísico, y que habría contradicción si una criatura finita e imperfecta –el hombre, que lo es porque desespera de sí mismo cuando el mundo no lo satisface– contuviera la perfección del Ser infinito.

Fabián y sobre todo los neutros no se permiten la indulgencia. Minuciosamente se empeñan en demoler a la criatura finita e imperfecta que tanto fastidia a los demás con sus peroratas acerca del Ser. La acritud de sus observaciones, dirigidas menos contra el modelo clásico de racionalidad –de eso no saben una hostia– que contra el miserable tipejo, parece no guardar proporción alguna con la insignificancia de esa especie de Profesor Basura que crucifican con alegría. Al parecer, consideran elegante y adecuado no sólo hacer leña del árbol caído (o sembrado aparentemente fuera de contexto), sino también reducirlo a polvo.

Si se les preguntara por la causa de su vehemencia, quizás dirían que se trata de aplastar a tiempo a un Hitler en ciernes –ver la teoría del baobab en Saint-Exupéry–, porque un alemán es un filósofo, dos alemanes son un coro y tres alemanes son la guerra; o que determinadas actitudes les producen urticaria, etc. (Eso de la urticaria y el pica pica es uno de los pretextos más socorridos cuando se trata de perpetrar alguna maldad, metafísica o no). Pero no sería del todo cierto: no hay personaje de la Historia que les resulte más indiferente y anodino que el pequeño Adolf –los neutros no son judíos, si bien puede haber judíos neutros–, pintorcillo fracasado que escribió sus tonterías en alemán, después de todo, porque en verdad no podía hacerlo en ninguna otra lengua. Y además, defenderse del ridículo –el ridículo es contagioso– mediante la violencia, aunque sea verbal y metafísica, ¿no sería establecer con él, con el ridículo, una relación demasiado próxima?

Creo más bien que el germanófilo, a quien los neutros, tan sólo por exhibir su dudoso sentido del humor, llaman «el origen de la tragedia», no es que un pretexto para crear complicidad y que la conversación no decaiga. Porque mucha gente, incluso gente conocedora y estudiosa, piensa que si tú, cubano, no haces al menos un chiste al día, aunque sea un mal chiste, un pujillo deleznable, capaz que tus compatriotas te acusen de plomo y de extranjero, porque uno de los principales dogmas de la cubanía es la payasada. Luego uno se entera de que los turistas de la derecha vienen a fumar Cohíba, a tomar ron, a empatarse con una mulata –o con cualquier otra cosa– y a bailar rumba hasta las cinco de la mañana muertos de la risa, mientras que los turistas izquierdosos vienen a conocer y a brindar su apoyo solidario al «país de los cronopios», también muertos de la risa. Uno no puede ponerse bravo y protestar y exigir menos simplificación y más respeto diciendo que en Cuba también vivimos personas trágicas y pesadas y densas y operáticas y medio suicidas, porque uno y nadie más que uno es el responsable de toda esa confusión. La maledicencia, de amable juego de salón, ha devenido hábito, secreción pavlovianamente previsible y hasta emblemática, antídoto contra el vacío y la muerte.

Fabián se percata y retorna al silencio. Ya era hora. Recuerda qué leía antes de la llegada de los intrusos y también que alguna vez ha escuchado con agrado –sin comprender nada, pecado regocijante y secreto– unos versos de Heine en su lengua original. Advierte en los neutros de frágiles deditos cierta dureza, cierta frialdad que a fuerza de impostarla han hecho propia. Se localiza, por más contradictorio que parezca, en sus manos nerviosas, en sus ojos que evitan mirar de frente, en sus voces agudas, en sus carcajadas repentinas, en su apuro constante y algo desaliñado, en su gesticulación exuberante y abrumadora, en su incapacidad para el silencio y los estados de incertidumbre. Y sobre todo en su continua ironía, o triste remedo de ironía, más colmada de términos tabuados que el lenguaje recto, desprovista de sutileza y sentido de la indeterminación, instalada de lleno en la inmediatez y el automatismo.

«Se comportan como viejas y oxidadas máquinas. Hablan como personas quebrantadas por la tortura. Espero no tener nada que ver con este asunto. Mi única especialidad consiste en vivir cerca de un cine donde ponen películas inadecuadas», se dice Fabián. «Dentro de cinco minutos les voy a decir que me duele la cabeza. Posiblemente será verdad».

VII.

En el cansancio de los muertos

El traje invisible.

–Según mi experiencia, que ha sido breve pero intensa, no todo es signo, no todo habla de la misma manera –afirma el orador mientras, desde un público meticulosamente aburrido, alguien piensa que expone sus ideas, si a eso se le puede llamar ideas, de un modo muy torpe.

En efecto, el orador camina de un extremo a otro del estrado y va tropezando con las irregularidades del suelo y del lenguaje. De la incoherencia telúrica a la verbal como tránsito hacia un dulce estilo nuevo, quizás más ensayado frente al espejo de lo que uno podría suponer.

–El texto cita y expone explícitamente –dice el orador sin regatearle derechos a la equis– el tercer nivel de *vraisemblance* para reforzar su autoridad en un juego con las convenciones genéricas en lo que pudiéramos llamar una «versión de pseudoparodia».

Como si estuviera en chino. Nadie entiende ni media palabra. Pero todos, mediante diversas expresiones, fingen entender, y lo que es más, fingen estar de acuerdo –tal vez porque simular la oposición les resultaría mucho más difícil. Los más viejos lo hacen con un esfuerzo entre la inconformidad y el abandono, con una rigidez donde amarillea todo su cansancio de espectros universitarios casi decimonónicos, de fósiles inevitablemente refractarios a las «novedades» y a cualquier forma del conocimiento en general. Ignoran, entre otras cosas, que Propp, descubierto por Barthes a partir de Lévi-Strauss, hizo posible la vinculación de la semiología con un objeto literario, el relato. Pero no se limitan a ignorar, lo cual, después de todo, no tendría ninguna importancia, pienso, sino que ignoran de una manera culpable, vergonzante, *closed*. Se preguntan qué coño será la semiología esa que viene con tanto ruido a perturbar su reposo. Miran a las paredes verdes y todo el siglo se les hace agua entre las manos, se les convierte en una insoportable «novedad».

—Pseudoparodia —repiten muy serios.

Los más jóvenes, en cambio, fingen llenos de entusiasmo. Son la estampa misma de la vitalidad. Tampoco ellos saben que Julia Kristeva, la extranjera, transfiguró el panorama psicológico al aportar los conceptos de «parapragmatismo» e «intertextualidad», ni que Derrida, el cabalístico, hizo retroceder ferozmente la noción misma de signo al postular el desplazamiento de los significados, la falta de un centro en las estructuras. No lo saben, pero si alguien los informara al respecto, serían capaces de repetirlo hasta el infinito como si fueran los sucesos más importantes de sus propias vidas. Tal vez lo sean, ¿por qué no? Yo mismo cito de memoria frases insólitas que leí una vez, no recuerdo dónde, o que escuché de alguien en algún lugar y que entonces me parecieron sonoras y bonitas. No es serio, ya lo sé. Pero no me importa. Lo hago porque me gusta. Yo cito alegremente, sin preocupaciones de ninguna índole.

Los más jóvenes, decía, apenas se dan cuenta de que visten un disfraz, de que en realidad se trata de un juego, de una ilusión escénica. Hay sentencias que, de ser pronunciadas con la firmeza, con la seguridad y la beligerancia que corresponden, lo hacen sentir a uno el gran tipo, el terror de la gente pacífica, el pánico del buen salvaje. El Batman. Estos muchachos tienen una especie de radar, de antena parabólica para tales enunciados. Los captan a las mil maravillas y, si te ven desprevenidos, te los lanzan por la cabeza sin la menor piedad.

Por algún motivo a ellos les gusta que les hablen de Wittgenstein, sobre todo cuando alguien lo llama «el viejo Ludwig». Algunos llegan incluso a creerse, si no hijos, al menos sobrinos del viejo Ludwig. Yo percibo algo encantador, sublime casi, en esa actitud. Cuando se les dice, por ejemplo, que en el *Tractatus* el término «texto» puede englobar incluso a la realidad misma (dada socialmente), sus ojos brillan de júbilo. Pero lo que presenciamos no es un renacimiento del positivismo lógico, de ninguna manera es un renacimiento, no tienes por qué creer eso.

Camila observa al orador con gran atención. El individuo es tartamudo y grandote como un tamal deforme y peor envuelto. La paja de maíz se sale por todas las costuras, vaya espantajo. ¿Tendrá la boca llena de piedras? ¿Tendrá algo en contra de las sanas intenciones panhelénicas de Filipo de Macedonia? ¿Y si se traga una piedra? No debe ser fácil pronunciar la palabra *vraisemblance*, piensa, uno corre el riesgo de atorarse por el camino.

Quizás la perspectiva no sea del todo buena, pues la sacerdotisa es bajita y, para colmo, ignora con un descaro ejemplar que Foucault, el que murió de SIDA (y cuyo nombre junto al de Rock Hudson y otros pioneros, está inscrito, quizás para dar fe de su apostolado, allí donde se inscriben los nombres de los que mueren de SIDA), acentuó primero el proceso del signo al otorgarle un lugar histórico pasado. No importa que se lo repitan una y mil veces: definitivamente no se le pega.

A ella le parece muy valiente por parte del orador su manera de mostrar tan a las claras el redondo desprecio que le inspiran todos los presentes. Porque hay ciertas cosas que para decirlas uno necesita despreciar mucho a su auditorio. Como los célebres estafadores que inventaron el nuevo traje del rey, el traje invisible que sólo podían ver aquellos cortesanos que, sin haber estudiado Lingüística ni nada, estimaran como es debido los trabajos de Chomsky, el tipo más brillante del siglo.

–La instancia del texto no es la significación –continúa el orador, sino el significante, en la acepción semiótica y psicoanalítica del término.

Camila, sin dejar de vigilar, se pregunta si el ser tartamudo no podría llegar a convertirse en un grave problema moral. En ese caso, piensa, habría que decirle «gago».

«Este tipo es un diletante carcomido por un saber de segunda mano. Pretende, con esa cara durísima, hacer pasar como suya la experiencia de los franceses. Piensa que somos analfabetos y que nos chupamos el dedo gordo del pie», dice la nota que un tipo del público deja ver a la muchacha de al lado como si fuera un mensaje de amor.

–Déjame, viejo –dice ella–. Déjame oír esto, que no sé nada de la postmodernidad.

–¿De la qué…?

–Cállate, anda. No seas así.

Ella ignora, de más está decirlo, que ya Lacan, el pesado, el que seguro también tenía a alguien que le dijera «No seas así», se apareció un buen día con una linda y acabada teoría sobre la escisión del sujeto, sin la cual el lugar desde donde se habla sería apenas un misterio o, al menos, lo pretende. Por ejemplo, si adivinas quién soy yo, te doy un premio.

«Bueno», se consuela el tipo, «seguro que todo esto nos lo hemos merecido. Ninguno de nosotros es bueno. Toda bofetada está bien dada. Te propongo comenzar pegándole a un corruptor de menores, te sentirás plenamente justificado y así vas acostumbrando la mano. Todo es posible a partir de lo que somos ahora». Como dentro del aula no se permite fumar, extrae de la carpeta una agenda con ilustraciones de la época victoriana para anotar en ella sus pensamientos.

Camila, quien ha irrumpido en esta espaciosa aula de la bienaventurada Facultad de Artes y Letras sin saber cómo ni cuándo, casi en pleno delirio de pies locos y suelo de espuma, percibe ahora todos los detalles con nitidez anormal. Las paredes no son verdes como suponían los más viejos. Se trata de un caso de daltonismo colectivo. Las paredes son rojas, lo cual no hubiera dejado de complacer a Poe. Un aula con paredes rojas le parece un sitio de lo más asqueroso.

Se siente tentada a concederle al orador la elocuencia propia de los hombres de la niebla, un fantasma dentro de otro. Eso lo ha leído en alguna parte, no recuerda dónde. Tal vez proviene de sus días de teatro —porque hubo días de teatro aunque nadie lo recuerde. Es justo lo que corresponde a ese personaje, piensa, que garabatea en la pizarra —¡de espaldas se parece tanto a la pizarra!— algo sobre el *sfumato* de los límites o la imposibilidad de una ontología o de un escritor moderno. Repite mucho la frase «escritor moderno», lo cual la hace pensar a ella que se trata de un conjuro mágico de múltiples e insospechados sentidos. De un *mantra*. ¿Será un «escritor moderno» la persona a quién ella busca? Ojalá que no, pues según el orador, mejor dicho, según cree ella entender que dice el orador, eso es una cosa horrible.

—Un escritor moderno es un ser retórico, exuberante, verboso, palabrero, sin conciencia alguna de la economía —afirma el orador—. Como diría un amigo, «el escritor moderno escribe, no inscribe».

A la sacerdotisa se le escapa la diferencia entre una acción y otra. Piensa que tal vez radica en el soporte utilizado: se «escribe» sobre el papel y sus derivados (la computadora también necesita papel) y se «inscribe» sobre la piedra. No comprende por qué una cosa tiene que ser peor que la otra —ambas pueden ser espantosas en dependencia del autor—, aunque, por supuesto, el papel resulta mucho más «moderno».

Los garabatos y fórmulas que el orador «inscribe» en la pizarra semejan una composición informalista, cada vez más complicada, donde Camila de nuevo se propone descubrir cuerpos, latencias, enanos y sirenas de trapo que se escudan ahora tras la más citada de las frases, tanto así, que hasta yo la cito (ver en alguno de los capítulos anteriores), obra de un pe-pensador, un fi-filósofo, escu-cuela de Vi-viena. Ninguno de nosotros estuvo allí, ¿cómo creer en eso?, piensa ella y alguien susurra que Viena está de moda.

—Sí —añade otro—, los judíos y los homosexuales también están de moda.

—¡Ojalá! —suspira un homosexual.

«Dentro de cien años todos estaremos muertos», anota el de la agenda.

El orador, no sin antes referirse, así, de pasada, a los trabajos de *Tel Quel*, cede la palabra a un rubio diminuto, capirro y parecido a un oso de peluche, pues el cartel de la entrada anunciaba, entre faltas de ortografía y grotescos adornos de papel fosforescente, dos conferencistas postmodernos —como quien dice, dos marcianos—, una exposición de fotografías eróticas con modelos, hombres y mujeres, mayores de ochenta años, una película de Wim Wenders y un grupo de danza folklórica. Lo que se dice una animada vida cultural.

El ex orador se seca ahora el sudor de la frente con un pañuelo rojo tan inquietante como el de un lagartijo en celo.

Hablar de todas esas personas famosas y decir además lo que uno piensa acerca de la postmodernidad y no sé qué más, puede representar un esfuerzo sobrehumano para un tartamudo rodeado de imbéciles. Su actitud le va pareciendo cada vez más solemne a la sacerdotisa hiperestesiada, quien le concede, además, un porte de icono bizantino, de imagen de la Iglesia Ortodoxa. ¿Será el suyo el cuerpo buscado? Probablemente no. Ella no lo imagina escribiendo cuentos sobre personas alegres, cuentos joviales. Debe ser un «amargacho», piensa, un incorregible llorón. A algunos hombres conviene despojarlos de sus experiencias breves pero intensas. Eso los mejora.

El discurso del oso de peluche también resulta ininteligible. Sobre todo por su dicción horrísona donde vibrantes y laterales se intercambian para producir metátesis inauditas y posiblemente únicas, y también se neutralizan o se omiten en una articulación relajada. Como si el español no fuese su propia lengua –aunque no, sólo un hispanohablante empedernido puede ser capaz de ciertos desastres–, las vocales tampoco suenan demasiado bien. Parecen desteñirse, contaminadas unas con otras, y nadar en una sopa que gira y gira en el interior de una lavadora, «No sabe colocar la voz», piensa Camila, «chilla como si alguien borrase la pizarra con un periódico seco, como si se le fuera a acabar el mundo. Parece una persona que no se llevara bien consigo misma, un hombre acosado por su propia locura».

El público permanece inalterable bajo las miradas iracundas del osito, quien da un puñetazo sobre la mesa y se declara autor neobarroco. Nadie se lo discute. Insiste en que La Habana es una ciudad enferma, afirmación que haría las delicias del Dr. Schilling. Tiene dermatitis, creo que dice. O sífilis, ¿quién sabe lo que estuvo haciendo La Habana durante los últimos carnavales con tanta gente jovial regada por ahí? La verdad es que a nadie parece importarle, son todos tan ruines y tan egoístas que ni siquiera parecen afectados por la noticia, aunque, eso sí, no dejan de fingir comprensión. Como si quien tuviera sífilis fuera el osito y no la ciudad. «Este tipo es un histérico de mierda», dice la nota o # 2 del vecino de la muchacha.

–El pobre –comenta ella–, lo que tiene es que está nervioso. ¡Tú siempre estás criticando!

El oso de peluche, intolerante con los murmullos, los mira como si quisiera convertirlos en ranas. La muchacha se estremece.

–Tienes razón, es un psicópata.

La sacerdotisa, ojerosa y agotada en una esquina, busca en ese rostro, en esa frecuencia, en esa forma de mirar algo desquiciada, un indicio que delate a Emilio U, ensayista y narrador, quizás *vedette*, Camagüey, 1967, todo según la última página del anexo «Sobre los autores». Pero los ojos claros del osito, con su furor translúcido, sólo permiten entrever un cerebro del mismo no-color. Vacío. No es que Camila busque a un Emilio inteligente –o, al menos, inteligible–, buen tipo y todo eso, el perfecto caballerito francés. No, ella ni siquiera sabe lo que busca. Emilio U puede ser cualquiera, sólo que la sacerdotisa no se siente capaz de reconocer las señales del vacío, sobre todo ahora que los párpados y el cuerpo mismo empiezan a pesarle.

El osito chirriante balbucea. Mira, tal vez en la primera fila, a la muchacha de la valija, que puede ser su amante o su rival o una transeúnte. Teme una virtual rebelión del público, en especial de los más jóvenes, y hace bien en temer, aunque, según una agenda victoriana, él y los presentes se merecen mutuamente. Parece agobiado por la imposibilidad de los signos de esta tarde triste y llena de risas, donde la sacerdotisa, con la piel fría y cenicienta, pugna por salir a flote.

La imposibilidad de los signos podría ser esa carencia, tan femenina según Fabián, que se extiende por todas partes con su morbo infalible hacia el fin del milenio que destruyó la escalera sin haber ascendido por ella, sin llegar a saber qué le esperaba, si acaso le esperaba algo, tras el último peldaño. Pero esto es lástima, me digo, sentimiento de prostituta para Nietzsche, sentimiento equivocado para Fabián, quien no se cree en condiciones de compadecer a nadie después de todo lo ocurrido y por eso se ahorra estas conferencias con tartamudos y psicópatas.

El osito apresura sus lamentos hasta concluirlos con la certeza dubitativa de un político a punto de caer en desgracia. No usa pañuelo y el sudor le pega la camisa al cuerpo todo cubierto de pelos. Es un mamífero.

Camila se levanta demasiado rápido y de repente todo se llena de sombras en un conato de vértigo o de viaje hacia adentro. Es así como el imaginario pedestal se convierte en escalera rodante y como sobreviene la oscuridad y la sorprende sin velas. El viejo bolso de yute, lleno hasta el tope de trastos inútiles —otro día te hablaré de ellos— y objeto de burla de media beca cuando ella apareció con él por primera vez, cae al suelo primero.

Allí permanece la sacerdotisa sin que nadie parezca advertirlo, como si no hubiera para ella mejor lugar, hasta que todo termina con salvas y aplausos y gente corriendo por los pasillos para agarrar los mejores puestos en lo de Wim Wenders. Camila es precisamente el tipo de muchacha cuyo vestido el azar (o el Diablo) puede rasgar de arriba abajo en un salón bien concurrido, o cuyo Kótex manchado puede resbalar hasta sus pies en el medio de la calle a las doce del día.

Desde su ángulo singular, aunque no desconocido para ella, la Mirada se enreda ahora entre innumerables patas de muebles, patas humanas, colillas, montoncitos de cenizas, cabos humeantes y hasta una cucaracha albina, visión que obliga a la sacerdotisa a recuperarse, recoger el bolso y reasumir su verticalidad antes de que los presentes, como otras veces, empiecen a decir «Mira a esa, ¡qué snob!» Tienden a creer que uno está en el suelo a propósito, para hacerse el interesante.

Arrastrando los pies se aproxima a los conferencistas —hasta una distancia prudencial, no hay por qué exagerar—, quienes conversan con la profesora que los ha invitado y con algunos individuos más. Escucha que el osito se considera un hombre cínico que irá neobarrocamente esa noche a un concierto de Fito Páez. Camila no recuerda en qué momento el cinismo, la vida de perros, dejó de ser considerado un defecto cochambroso para convertirse en una virtud, pero ante el hecho consumado parece alegrarse, ¡si lo hubiera sabido antes! El hombre, la bestia y el cinismo. No suena mal. Piensa que tal vez le gustaría acompañar al osito, pero duda mucho que alguien la invite. Ni siquiera la miran. Sólo tú y yo sabemos que ella está ahí.

Le digo al tartamudo que no he perdido el referente, que le debo un homenaje y que voy a «escribir» algo sobre él en el capítulo séptimo de una novela que imagino. Mi novela será retórica, exuberante, verbosa y palabrera. Sin conciencia alguna de la economía. Pero eso no importa. Se la ofrezco de todo corazón. Porque yo sé que, a pesar de todo, él es un tipo admirable, digno del mayor respeto.

Pone cara de espanto, de incredulidad, mueve las manos en aparatosas actitudes anglosajonas como quien desea apartar de sí una pesadilla. (Me lo ha dicho el I'Ching y creo que no hay remedio: siempre seré la pesadilla de alguien). Quizás en el fondo no me crees porque… bueno, porque hay personas así de incrédulas. Digo bien alto su nombre para que la sacerdotisa lo escuche y sepa a qué atenerse. Ella suspira y se vuelve hacia el oso de peluche en espera de la palabra reveladora…

En otros rincones del mundo, al menos según nos enseñan tantas películas americanas muy parecidas entre sí, esa clase de investigación que enlaza al perseguidor con la otra persona –de la cual nada se conoce excepto el detalle no muy preciso que la hace única, imprescindible–, esa pesquisa que juega con la idea de los grados de separación, con el escondite del Mesías entre los leprosos, cochinos, desgarbados y demás habitantes de Judea, o con cualquier otro ensueño sociológico, desafío a la ilusión cotidiana y al sentido del ridículo –el ridículo existe por sí mismo, está ahí, nadie puede «hacerlo» porque ya está hecho y, de alguna forma, todos participamos de él, procura creer el perseguidor–, puede realizarse a través de archivos, bibliotecas especializadas, anuncios, ordenadores y agencias de sabuesos más o menos competentes cuyos carteles se leen invertidos en el cristal de la puerta.

El cine europeo –siempre el cine– como en una partida de póker ofrece un abanico de otras opciones, de otros caminos para llegar a la Persona. Ellos son, si no más eficaces, al menos más misteriosos o más poéticos. Está ése de permanecer sentado en una silla con las manos en los bolsillos del impermeable toda una noche en Ámsterdam, o ese otro de acudir en góndola a una cita fantasma bajo el Puente de los Suspiros, en Venecia, o atravesar tal vez desesperado (con una saludable desesperación) las muchedumbres y el rocío de Londres con un pañuelo blanco amarrado al cuello y quizás la canción de Blondel (perseguidor afortunado) zumbando en los oídos, o incluso esperar a que amanezca en una de las ciudades del Mediodía con el cigarro encendido y los ojos medio cerrados a ver si la Persona elige –por azar inconcebible o quizás por leyes aún más inconcebibles que el azar– precisamente nuestra puerta.

Si la Persona desapareció en el transcurso de la guerra –ya se sabe, la Guerra– o durante alguna catástrofe y se fugó más tarde (se la había juzgado en contumacia, se la había condenado a muerte) con todos sus crímenes y los fondos del partido y se hizo otra en Brasil o en la pampa gringa, mejor todavía: ya no la encontraremos y esa certeza tendrá el sabor inigualable de todo aquello que perdimos para siempre. Y aunque la guerra está muy lejos y el viejo nazi probablemente ya no existe, no hay motivos para quejarse, pues tenemos una historia, otra Telemaquia rebosante de intriga novelesca donde el motivo de la búsqueda por momentos se oscurece hasta alcanzar en ocasiones su eclipse total y definitivo.

El perseguidor sabe que todo eso sucede en un espacio urbano, no sólo porque odiaría recorrer otro –es una rata de ciudad, impaciente con el rumor de la campiña y el valle plateado de luna–, sino también porque la mejor manera de ocultarse consiste en caminar por allí, en obsequiar a todos con tu silueta corriente y tu mirada inexpresiva, fugaz, en ese lugar donde todo el mundo te ve sin mirarte y nadie conoce tu nombre ni el color de tus zapatos. Allí donde nadie puede recordar tu cara, tan parecida a la cara de un desconocido. Y, aunque ignoras tu condición de perseguido, te escondes porque sí, porque lo que se esconde es lo mejor, piensas, y tú eres un bicho astuto.

El perseguidor recorre la ciudad. Intenta leerla, abrirse paso entre la maraña de símbolos, descifrar en el trazado de sus calles y plazas –la disposición de sus tejados y adoquines, que traen a la memoria los brillos y las sombras, la opacidad, el mamey y el verde de tantos niños pintores: balaustradas, campanarios y pequeños desiertos de ortiga, piedra y huellas (!) entre los edificios nuevos, etcétera– las noticias de un arcano urbanismo que sin duda incluyen a la Persona.

La ciudad envuelve al perseguidor. No puede evitarlo porque ella lo envuelve todo, o casi todo. Lo hace con sus pájaros, ya sean grises o lluviosos (pincel y tinta china, grabados), con sus árboles y sus relojes que aprisionan los gritos, óxidos, pudriciones y derrumbes de sus días y noches. Con sus montones de basura y la entrada de sus diversos cristos, con sus rutas para aventureros, o para turistas y mendigos, calor y polvo, lugares y cosas manchados de todo lo que mancha y no precisamente sucios, porque la ciudad no es sucia, existe más allá de sus naturalezas semivivas y de sus alcantarillados. Con los rostros de su gente dormida.

El perseguidor sabe que la ciudad, lo mismo que el bosque, no tiene espíritu. Ese es un invento de los poetas, una prosopopeya voluntariosa que venimos repitiendo desde hace más de veinte siglos y que se ha convertido en una verdad de primer orden para los panteístas y la mayoría de los civiles, ya sean incautos o veteranos. Se trata de un lugar común, de una manera de vivir, de sentirse parte de algo inexpresable. No es fácil, lo sé, sustraerse a una creencia de semejante envergadura, pero lo cierto es que la ciudad no protege ni condena, no juzga ni aconseja, está simplemente ahí. Es un espectador silencioso y casi anónimo. No tiene nada que ocultarle al perseguidor porque él mismo, animal errante y un poco rapaz, es una de sus prolongaciones, le pertenece. Ya quisieran parecerse a la ciudad muchos de esos juglares antropocéntricos que andan por ahí, viviendo de ella.

De capital a capital, no importan el clima o el hemisferio o la mitología de los atributos específicos –podría mencionar varios, pues La Habana es prolífica en ellos, pero no lo haré, porque se trata de señales falsas en el camino, de marcas idénticas a las de Roma, San Petersburgo o New York, rasgos siempre inherentes a la cultura de ciudad– la historia se repite: el perseguidor sabe que no puede no encontrar. No por gusto es el perseguidor. Por eso no se angustia ni pretende sustraerse a las pasiones del laberinto, al sentimiento vivificante y totalizador que le proporciona su libro en hipertexto, su imagen paranoica. (Para esto de la paranoia y el desciframiento de las señales falsas quizás convendría consultar la *Vida de Salvador Dalí*, escrita por el mismo Salvador Dalí).

En principio –sólo en principio– el perseguidor anda tras la niña pelirroja que se va a morir de cáncer (ya perdió un ojo); o tras la mulata Miss Cuba, cuarentona de pelo «bueno» que parece blanca y que pide a gritos los primeros planos de su cámara, otra vez neorrealismo ¡qué remedio!, para esa anécdota de la colonia aún por recrear como merece otro lenguaje; o tras la pitonisa, vestido con lunas, estrellas. Asteroides, cometas y anillos de Saturno, que en el cansancio de los muertos olvidó decirle una dirección, un nombre; o tras el muchacho del pulóver con el letrero que decía *Why be normal?*, a quien conoció (en sentido bíblico) en el baño de la Terminal y que le dijo «nos vemos un día de estos». O tras un autor de un cuento jovial, un joven Maestro que está vivo y quizás tenga algo que enseñarle sobre el desamor y la risa y los fragmentos, algo que se pueda escribir con pincel y tinta china para guardarlo siempre entre el pecho y la camisa como un chaleco antibalas o una cajita muy secreta.

Reseñas malévolas.

Confundidos en un mismo bulto, desde encima del cojín que ella hubiera preferido ocupar, los cinco gatos la miran desafiantes. No hay remedio: se sienta sobre algo tieso y casi ortopédico que parece ser un banco.

La subida ha sido ardua –«poco menos que simbólica», piensa con una breve sonrisa–, sobre todo para ella, quien intentaba leer lo escrito en las paredes que rodean la empinada escalera que conduce hasta una azotea desde donde se divisan otras azoteas con sábanas tendidas, cactos, antenas de TV y muchachos empinando papalotes. Es el dulce hogar de una vieja dama indigna –a menudo la indignidad de las viejas damas resulta proporcional a la cantidad de gatos que cultivan– y de su hijita, una chiquilla con olor a orina que se recorta el pelo ella misma con las tijeras de mamá y que, como cierto personajillo de Katherine Mansfield, lo canta, lo baila y lo dibuja todo con tal de atraerse al menos una mínima parte de la atención de los adultos.

La turba que ha trepado hasta la cima a la manera de una planta carnívora, si acaso trepan las plantas carnívoras –no sé por qué tengo la impresión de que no lo hacen, pero, en fin, debió ser un automatismo– es recibida con amabilidad e indiferencia por un ser de apariencia porcina apodado «el Troncho», especie de mayordomo de la vieja dama, aunque él asegura que sólo practican «sexo oral», no importa lo que esto signifique, y ella que no, que él es un redomado mentiroso, pues entre ellos dos no hay nada de nada. Llevan años en lo mismo y lo mismo, como el gusano dentro de la botella con alcohol o las cucarachas que habitan en los huecos de la cocina.

Hubo un tiempo en que el asunto le preocupaba a todo el mundo. Era tópico obligado de muchos remedos de conversación, donde algunos lo calificaban de sublime y otros de ridículo. Todos aportaban detalles acerca del «matrimonio blanco» con tal de parecer informados y en posesión de algo remotamente parecido a Leonard y Virginia. En realidad ella era (es) mucho peor que Virginia y no exagero. Sin el más mínimo sentido de la privacidad ni de ninguna otra cosa, en presencia de cualquiera solía referirse al Troncho con una especie de asco donde todo su pequeño y bullanguero mundo de Centro Habana en chancletas parecía estar incluido.

Por tal razón, él, que era veinticinco años más joven, le gritaba unas grandiosas malas palabras, también en presencia de cualquiera. En eso de las atrocidades y los monstruos verbales era más imaginativo, se le podía considerar todo un creador del lenguaje. Semejante habilidad, algo inadecuada en un mayordomo, quizás la debía a que, antes de conocer a la vieja dama, cuando sólo admiraba sus fotografías en los periódicos y contracubiertas (ella, según él, se parecía de un modo sorprendente a la Gioconda), había sido un amante de la lluvia tan, pero tan desgraciado, que se juró a sí mismo no volver a «intentarlo» con un hombre. Por aquellos tiempos llegó a pretender incluso que Fabián le enseñara griego. Pero Fabián sólo lo enseñó a comportarse como una triste lombriz.

En sus momentos de cólera, el Troncho agitaba las manos cerca del pescuezo de la vieja dama con el gesto nervioso de quien desea cometer un homicidio y a duras penas se controla, pero en ese preciso instante era cuando las visitas intervenían (con un dejo de satisfacción, pero no hay que aterrarse: así son las visitas) y procuraban calmarlo. El Troncho había «recogido» a la indigna con seis meses de embarazo y le había construido una casita, un palomar en la azotea, pues ella andaba de lo más compungida y abandonada, ya que el padre de la criatura, por una de esas ironías de la vida, había resultado ser un *gay* indeciso con profundos problemas de identidad. Pero, después de todo, ella era una figura pública que no podía permitirse semejantes escándalos.

Todo este apresurado cotilleo, más bien propio de las alegres comadres de Windsor, es ahora historia muerta; con el advenimiento de la postmodernidad junto a otros memorables sucesos, las cosas han cambiado. Las oblicuas relaciones entre la vieja dama y su mayordomo ya no le interesan a nadie.

El Troncho, melifluo y aceitado, melena larga, no pretende conocer a todos los de la turba. Sería imposible y del todo innecesario. Cada cual agarra su taza de té y su cenicero predilecto para acomodarse luego junto a los integrantes de otra turba ya instalada y muy conversadora. Muy «conversacional», podría decirse, pues aquí todo se nombra de otra manera ignoro por qué. La sacerdotisa, entretanto, ha capitulado frente al destacamento felino que defiende su espacio vital. Ahora acaricia la peluda cabeza del perro del Troncho, cuya vida, quién lo duda, debe ser tan sofocada como la de su dueño.

La hospitalidad de la casa resulta irreprochable: si alguien tiene hambre, se le ofrece arroz, pescado y un tenedor no muy derecho, aunque también se vale comer con las manos, que así lo hacen en la India y no les va del todo mal; si alguien necesita bañarse, ahí está la ducha y en ocasiones el agua, sin contar al Troncho, bien provisto de toallas con hilachas; si lo que se prefiere es dormir, ahí, tras un muro semiderribado, está la cama junto a la alfombra que comparten el mayordomo y el perro, la cual no es persa ni mucho menos y se parece asombrosamente a una frazada de piso. No hay ninguna necesidad de andar criticándolo todo, pienso, pero el ser humano es así de perverso y malagradecido.

También se pueden satisfacer ansiedades más sofisticadas, como esa, tan recurrente y contagiosa, de leer textos en voz alta, incluso a grito pelado (la azotea se presta como ningún otro sitio para el *performance* y la comedera de raspa), desde epigramas y cuentos minimalistas hasta novelas no demasiado extensas –en el caso de un «novelongo» habría que entrar a negociar el número de sesiones, pero, por suerte, los autores de «novelongos», especie en vías de extinción, no suelen interesarse demasiado por leerlos en voz alta–; se puede ejercer la maledicencia, la crítica textual o ambas a un tiempo en esa clase de ensayo tan delicioso que comienza con la puesta en evidencia de la estructura endeble del relato, de los versos colocados ahí sólo para que «suenen bien» (lo ideal es que suenen mal) o de las zonas muertas y putrefactas de la escritura, y que concluye con un detallado análisis de las canillas peludas o de la oreja izquierda del autor. Desde su tiesura, Camila advierte la presencia de los dos neutros expulsados por Fabián.

Pero eso no es todo. En un ambiente como de *parresía*; se puede conocer gente de todos los tipos, formas y colores, de todas las religiones, tendencias políticas y gustos culinarios, nacionales o extranjeros, como en cualquier refugio de la farándula, el bar Esperanza, la Bodeguita del Medio, el Hurón Azul (cualquiera de los tres lugares que se llaman así) o la Acera del Louvre, en los bajos del Inglaterra, si acaso con una leve y escurridiza preferencia por la onda *straight*; también se puede recibir psicoterapia y escuchar la fábula del poeta y la mujer fatal para no sentirse insignificante y mísero si uno alguna vez ha sido un suicida (o un asesino) frustrado; se puede entrar y salir a gusto sin mucho protocolo, martirizar a los gatos cuando nadie mira –se recomienda pegarles los bigotes y las patas con tape, defenestrarlos o llenarlos de ceniza, como se reproducen tan rápido, eliminar uno al mes constituye una excelente garantía de impunidad–, aunque ya se sabe que eso sólo lo hacen las personas muy malvadas; se puede discutir sobre la antigüedad o la actualidad, o admirar a alguien, o contar una película, o huir definitivamente; se puede… en fin, se puede.

En algún otro sitio, quizás el Palacio del Segundo Cabo, una sala del Gran Teatro o la Casa de las Américas, lugares todos visitados en su continuo y trasnochado periplo, Camila oyó decir que esta azotea polimorfa, multipropósito y a sus horas psicodélica, gran zoo, es (o fue) uno de los Centros (?) alternativos más importantes de la ciudad en cuanto a los escritores se refiere; que allí, entre otros desdichados proyectos, se intentó incluso editar una revista, pero que todo fracasó por culpa de los mismos escritores, quienes se la pasaban acosando a la esposa –una de las mujeres más bellas que he tenido la fortuna de conocer– del dueño de la fundación que debía financiar sus travesuras; que alrededor de la vieja dama gravita todo lo que vale y brilla, pues la atmósfera es inclusiva y dada a la tolerancia– en el mundo de las letras cubanas; que para todo joven con pretensiones en ese sentido, la ceremonia de iniciación, que consiste en ser presentado con sus textos ante la corte de la real vieja, resulta un trámite ineludible (sólo eso, no importa el juicio, casi siempre generoso y que Dios me perdone, pero a veces pienso que alguien está purgando una culpa del tamaño del sol y que se esfuerza en borrar de su conciencia y de su biografía una serie de anécdotas sucias de las cuales es mejor ni hablar), pues quien se mantenga al margen de la Santa Sede corre el riesgo de permanecer en la oscuridad, en la niebla como Lucien de Rubempré, alejado de los editores, desconocido y pisoteado por todos, sin esperanza alguna de ver abrirse ante sí las puertas del dorado recinto de la gloria.

Tales afirmaciones le parecieron a la sacerdotisa, hasta entonces tan ajena al gremio escribidor como le permitía la famosa frase de Terencio (de un personaje chismoso que procuraba inmiscuirse en la vida privada de su vecino en la primera escena de una comedia de Terencio, lindo malentendido), le parecieron, decía, un tanto exageradas. Lo que se dice una hipérbole. Sobre todo porque quien las emitía era un sujeto larguirucho, parecido a una «i» sin punto y bastante enojado, quien también aseguraba ser, él mismo, el Centro del Centro, un hombre con muchísimo poder que se iba a dedicar por el resto de su vida a escribir (y publicar) reseñas malévolas sobre los libros de sus enemigos, de esos infames cuyos cadáveres esperaba ver pasar por delante de su puerta en el estilo de Al Andalus, ya que los muy necios se habían atrevido a faltarle al respeto al no concederle no sé qué premio que nadie merecía más que él.

El sujeto larguirucho era, con toda evidencia, un escritor a carta cabal, pensaba la sacerdotisa. Un ser susceptible, con vocación de centralidad, con reacciones típicas ante el más inmediato de los indicadores. Porque, para distinguir a un escritor de una persona normal, a veces no hay nada como los enredos y los chismes cruzados que suelen generar los resultados de los concursos literarios y las becas, donde algunos se erizan más que otros y uno llega a pensar que es una suerte para todos la pérdida de la costumbre del duelo entre caballeros. (En ocasiones creo que esa práctica debería recuperarse, aunque sólo fuera para dejar al gremio sangrar un poco: unas cuantas bajas tal vez no le vendrían mal y de paso aprendería a valorar la esgrima, las artes marciales, el tiro con arco, con pistola, con arcabuz y otros derivados de la cultura física). Camila, fascinada por aquel enojo «i» donde tanto había de ingenuidad y de fe en la palabra, se había preguntaba por un instante si él, con sus manos hermosas y su perfil hebreo y ennoblecido por una calvicie prematura, no sería Emilio U.

Pero no lograba imaginar al objeto de su búsqueda convertido en Centro de nada. Quizás visitaba aquella azotea, solo o mezclado con una de las turbas, para comer, dormir o bañarse, pelear con los gatos o acariciar al perro (o a la inversa, sólo que los gatos llevaban nombres tales como Henry Miller, Malcolm Lowry, León Bloy o Mme. De Staël, mientras que el perro se llamaba Perro), o para leerles a todos su cuento jovial, u otras páginas seguramente también joviales, y recibir palmaditas cariñosas de la vieja dama. Quizás lo hacía con frecuencia y hasta lo consideraban un tipo simpático y todo eso, pero de ninguna manera podía ser el Centro.

La jovialidad, intuía la sacerdotisa de un modo confuso, es una condición marginal, falófora y bebedora de vino o similares. Dionisíaca se pasea, mientras la dejan (suele ser, desde tiempos inmemoriales, la primera víctima de la censura), sacando la lengua y gritando obscenidades a los presentes. No se toma demasiado en serio a sí misma ni a nada. ¿Cómo podría hacerlo con esos dos cuernecillos que le han salido en la frente y con esa cara mofletuda, sinvergüenza y cubierta de tizne? Nunca la escucharás decir «como enemigo soy malo», ni tampoco proferir amenazas: es tan descarada que se cree buena. Si te enfadas con ella, es muy capaz de soltar un par de lagrimitas con cara de «yo no fui» para ablandarte y hacer luego unas veinticuatro muecas a tus espaldas. Por ello –y por la complejidad de su política, un día verde y otro día morada– resulta difícil recuperarla para cualquier causa: cualquiera la ama o la detesta según se sienta del hígado ese día.

Escribo esto y de momento no me lo creo demasiado, pues recuerdo que a Aristófanes, autor real de varias reseñas malévolas y protagonista indiscutible de mi infeliz trabajo de diploma sobre la parodia –del cual conservo una sorprendente lista de injurias griegas encabezada por la palabrita *lakoprókton*, la cual significa «con el ojo del culo del tamaño de un abrevadero de patos»–, tampoco le gustaba perder en los *agones*: se ponía bravo, histérico, *gruñi*, completamente furioso, hecho un basilisco y más calvo de lo que ya era. La convicción decae: tal vez la jovialidad no sea tan clara y precisa. De nuevo guiña el ojo y se me desdibuja entre las manos cuando ya creía haberla atrapado. Por otra parte, ahí llega el larguirucho, como buen Centro, al frente de una turba. Todos lo aclaman y lo saludan, lo llaman por otro nombre.

Hacia la hora de las brujas, la iluminación en la azotea es de pocos watts, amarilla casi ocre como un antiguo daguerrotipo transformado en holograma por obra y gracia de un burlón tecnológico o de Bioy Casares. La Mirada, por más que se esfuerza, no consigue abarcar todo el paisaje: muchos detalles (sombras, rostros, una mano que lleva a los labios el humo de la taza de té) se pierden en el conjunto. Cada cierto tiempo reaparecen el enano y la sirena de trapo. Emergen entre piruetas del bolsillo de alguien o de abajo del sofá. La sacerdotisa sonríe, olvida la incomodidad del asiento mientras los gatos se erizan y retroceden.

Alguien ha dicho por ahí que la azotea es un lugar infernal donde todos miran al recién llegado de una manera cuando menos agresiva, como midiéndolo para fabricarle un ataúd; lo observan y se ríen, lo señalan con el índice y vuelven a reírse, intercambian susurros al oído acompañados por misteriosos gestos que la mayoría de las veces presagian lo peor, etc. Se trata sin dudas de un procedimiento que, de repetirse mucho, puede acabar con la seguridad en sí mismo de cualquiera. Pero nada de eso es cierto, advierte Camila, debe ser otro chisme de los envidiosos. En la azotea es muy fácil pasar inadvertido: uno se sienta en una esquina, responde con monosílabos a toda tentativa de diálogo y ya, el recién llegado se diluye y así puede observar mejor. Con sus ojos grandes y parecidos a espejos.

Cada cual está en lo suyo. La vieja dama, por ejemplo, conversa con otra vieja dama de menor categoría. Le descarga todo un rosario de vicisitudes relacionadas con la menstruación, la anemia, los dolores, las mareas, la hemorragia, la fecundidad, los anticonceptivos, los partos, los abortos (por aspiración, por legrado, por accidente) y demás aventuras ginecológicas. La indigna confiesa haber visto una vez un feto lleno de sangre, atravesado con un pincho y tirado como basura al borde de una carretera. Eso la traumatizó de por vida: toda su poesía está gravada por esa imagen, que es también su estribillo de siempre, su tema de presentación, su *Leitmotiv*. Pero la otra vieja dama no lo sabe y se horroriza, piensa que la vida de las mujeres heterosexuales puede ser muy complicada y se felicita a sí misma por ser una lesbiana consecuente. Su pareja es quizás desordenada, irresponsable, controladora y bruta, pero al menos no puede fecundarla. Camila, por su lado, aparta de un plumazo el problema de la cronología y piensa que el feto de la carretera bien hubiera podido ser el suyo, el trágicamente aniquilado Zaratustra.

Un grupito, mientras tanto, hace planes para un almuerzo campestre. Alguien promete conseguir un mantel con forma de triángulo (?) y unas naranjas. Servilletas, huevos y cucharitas. Azúcar. Mostaza. Los huevos se cocinan dentro de las naranjas vaciadas y así los huevos saben a naranja, de lo más original. Un libro de recetas, de alta cocina francesa. Al oír hablar del país galo, otro propone imitar el famoso cuadro de Manet, el desayuno sobre la hierba con el fondo iluminado por una silueta femenina que no se parece en nada a la increíble Victorine Meurent, que fue Olimpia y el muchacho del pífano y la amante del pintor y muchas cosas más.

–Porque el último de los viejos maestros era un pintor genial –añade–, fíjense en ese otro lienzo, el que se llama *Impresión, sol naciente*. ¡Yo lo adoro!

Nadie lo saca de su error, quizás porque no se trata de un error demasiado grave. A fin de cuentas, si lo comparamos con todos ellos, ¿qué importancia tiene el último de los viejos maestros? También salen a relucir el banquete de Trimalción, la novelita con recetas medio mágicas de Laura Esquivel y, por supuesto, el almuerzo lezamiano, lo cual los deriva inevitablemente hacia el tema de la cocina cubana con su tradición y sus inventos y Nitza

Villapol, hacia la empanada de yuca rellena de fricasé de langosta floridana, servida con una salsa de ajicito cachucha, hacia las masitas de puerco adobadas al estilo habanero con salpicón de yuca, hacia la langosta enchilada sazonada con tomillo y pimienta gorda al estilo de Santiago de Cuba, hacia el rabo encendido con fufú de plátano, hacia la vaca frita al mojo agrio con plátanos pintones. Camila, quien ni siquiera había oído hablar de semejantes artefactos, se sorprende mucho y se avergüenza en secreto de las porquerías que Fabián y ella suelen comer.

También hay un español, una especie de hidalgo catalán que se muestra fascinado por el mundo cruel de Terenci Moix y también es dueño de una clínica psiquiátrica en Barcelona. En voz muy alta hace la promoción de su terapia, la cual consiste literalmente en enseñar a los pacientes a escribir poesías. Sólo se les da el alta cuando consiguen escribir un buen poema. Se les permite escoger entre la rima y el verso libre, siempre y cuando no se comporten de un modo demasiado vanguardista. El gran jurado lo integran los médicos, las enfermeras, las hermanitas de la caridad y, por supuesto, el dueño, quien ahora se propone publicar la primera antología de los locos, donde la ficha de cada poeta es un resumen de su historia clínica. Tal es la razón de su visita a Cuba, donde cree que podrá encontrar un espacio editorial adecuado. La sacerdotisa supone que el Dr. Schilling jamás aprobaría semejante método. Pero ella le teme a su propio cuerpo, sobre todo con la llegada de la noche, con las sombras exteriores que le han caído encima para recordarle que ya es la hora de tomar algo.

La hora de tomar algo coincide con la hora de volver a casa. Ella sabe ya que ninguno de los presentes es Emilio U porque hace un rato los ha escuchado hablar de él. El editor italiano con cara de Giuseppe lo ha catalogado de jovenzuelo insolente que pretende hacerse el original con eso de meter un cuento dentro de otro: en Europa ya a nadie le interesa leer esas cosas y el criterio europeo es y seguirá siendo el más importante en materia de creación. El crítico *gay* norteamericano lo ha encontrado demasiado «literario», falso, alambicado y *snob*, y además, ¿quién puede creer en un maricón que, en lugar de escribir de de su propio punto de vista maricón, se pasa para el bando contrario y asume tan tranquilo un montón de estereotipos opresivos? La poetisa negra, eco de Franz Fanon en el Caribe, ha recordado que Emilio, aunque lo parezca, tampoco es un blanco y que hace muy mal en comportarse como si lo fuera y en no interesarse para nada por la cuestión de la negritud. El Centro del Centro ha dicho que Emilio es un microbio ignorante que no sabe nada sobre la noche de las tres «p» y otras noches trascendentales, que flota de manera irresponsable como la mayoría de su generación y aun así pretende disputarle su condición de Centro, a él, que le abrió el camino hacia las revistas de la Unión de Escritores y le presentó a tanta gente necesaria. La feminista noruega lo acusa de misoginia y de estrechez mental, de ser un grosero que se escuda en la ironía y el chistecito en su afán discriminatorio con tal de no ver las cosas como son. El tartamudo conferencista lo tilda de baboso y de escritor moderno, de carente de algo impreciso que no podrá tener jamás aunque se case con una extranjera y se pase el resto de su vida viajando de un lado para otro. El funcionario del Partido asegura que nadie entiende lo que ese tipo escribe y que la publicación de sus textos es, en su opinión, una muestra palpable de que en Cuba, amor, la censura no existe.

Camila, sin despedirse de nadie, desciende con cuidado la tenebrosa escalera. Tal vez nunca llegue a leer los letreros. No sería la primera vez. ¿Dónde se esconderá él? Porque con esa habilidad que tiene para enemistarse con todo el mundo, para irritar a gentes tan distintas entre sí, lo mejor que puede hacer es ocultarse de vez en cuando, salir de circulación. No se atreve a preguntarle por él a ninguna de esas personas que le inspiran miedo por lo seguras que parecen estar de sus criterios. «Son fanáticos», hubiera dicho Fabián. Por un par de segundos ella se siente en la obligación de defender a Emilio, de encontrarlo enseguida y tocarlo y hablarle para protegerlo de toda esa gente siniestra y aseguradora de cosas, pero luego piensa que no es necesario. No sería tanto lo que ella podría hacer: tal vez servirle de espía, de agente secreto en la retaguardia del enemigo. La sacerdotisa sabe que los demás no se cuidan de ella, que dicen cualquier cosa en su presencia, que ni siquiera la ven. Pero la jovialidad es muy capaz de valerse por sí misma, por algo Emilio es el Maestro. Nadie puede hacerle daño *de verdad*. «Yo lo amo», piensa. «Yo lo amo tal vez porque es el opuesto de Homero, porque está vivo y lo desprecian y quieren desterrarlo de siete ciudades».

VIII.

Vestido él mismo de monje peregrino

Las marcas de los neumáticos se superponen y se repiten en ardiente filigrana sobre el asfalto. El calor derrite las cabezas. Alguien pierde un tacón y se poncha una pelota. Entre los ruidos, el polvo y las gentes que veo a diario bajo el sol, esta calle, una de las más céntricas de La Habana, aparece vencida por la continuidad del verano, por la mugre. Ajada como una vieja prostituta.

Tras una estructura con cristales negros y algo de movimiento moderno, persiste un microclima de aire acondicionado, al cual se acogen en pocos segundos. La modelo vuelve a atravesar con naturalidad puertas, desfiladeros y carteles, cuantas «nieves eternas del Aconcagua» o «cámaras blindadas de Langley» se interpongan en su camino. Todo pese a la multitud, reptil monstruoso que se retuerce alrededor del edificio que por algún motivo que un día supe y ahora se me escapa. Y es que ella tiene, ¿cómo no repetirlo una y otra vez?, admiradores por todas partes: *her phone never stops ringing*. He ahí el tipo de cosas que Bibiana espera escuchar o que diría sobre sí misma si no temiera resultar vanidosa.

Una vez dentro, los gruñidos y sirenas provenientes de la ciudad quedan sepultados por las discusiones, el pisoteo, las máquinas registradoras, cajones, neveras, vitrinas y la musiquita que con enervante distorsión parece transpirar cada ángulo de esta tienda por departamentos, tan parecida en ciertos aspectos a un *zoqo* marroquí. Las sienes de Camila palpitan mientras ella tropieza y se ahoga y se siente miserable chalupa haciendo agua en pos de un trasatlántico, inútil y desesperanzada en el intento de no perder de vista una cabellera rubia y audaz que se abre paso hacia el fondo.

Por fin la banda sonora (uno se adapta, aunque parezca imposible) tiende a la homogeneidad, al zumbido, quizás amplificado, pero cada vez menos, de una caracola. La sacerdotisa ha alcanzado a la modelo en el descanso de la escalera. Que dónde es el fuego; que ella va normal y lo que pasa es que tú te haces la ágil, la bailarina, pero nada, en el fondo eres una babosa de ochenta y seis años y que acabes de subir de una buena vez. La ilustre niña recuerda al instante la extraña convalecencia, después de la cual ya nada será para Camila igual que antes y se siente culpable durante un par de segundos. La babosa advierte que todo comienza a resultar muy leve, pero se anima a soportarlo.

Por el tercer piso se extiende una especie de jardín oriental de cuyos arbustos con lentejuelas cuelgan con abundancia los frutos más rutilantes y del peor gusto que puedas imaginarte. Bandadas de pajarracos y pajarracas fugitivos de algún bestiario revolotean hablantines por la floresta, donde Bibiana se adentra mientras la sacerdotisa permanece al margen para no ser picoteada o aplastada por estas como aves de Stinfalia.

La intrépida rubita hace alarde de su experiencia ante la mirada desvalida de la otra, nada habituada a semejantes peripecias. Sabe exactamente dónde y cómo buscar, por lo que al cabo de un rato su silueta emerge del remolino enarbolando una bandera negra sin tibias cruzadas y sin calavera. A un gesto suyo, la sacerdotisa obediente se dispone a seguirla hasta el probador, no sin tropezar por el camino con la mayoría de los arbustos y con algún que otro pajarraco.

Después de esperar unos instantes en compañía de su propia sombra y de cierto desencanto inefable, Camila penetra en el espacio recién abierto. A puertas cerradas, en el diminuto cubículo un tanto infernal y provisto de un espejo de cuerpo entero, la bandera se revela como un vestido corto, elegante (sí, porque lo negro es elegante en un país donde los colores arden de tan luminosos), muy ceñido alrededor de Bibiana, quien se expande dentro de él y obsequia a la sacerdotisa un ángulo del cierre desabrochado en la espalda y un ruego sin palabras.

Para Camila resulta siempre placentero hacer de mucama. La modelo, aunque egoísta, es blanca y frágil como su olor a lavanda inglesa. También «sabe» vestirse. Todo parece hecho para ella, para su cuerpo perfecto de líneas estilizadas y curvas tenues como el de las adorables mujercitas de Remedios Varo. Se pavonea frente al espejo, ¡oh lugar maravilloso!, muy oronda con las manos sobre las caderas. De perfil azul, de perfil verde, de tres cuartos, sostiene el pelo, lo deja caer. Eres una diosa, muchacha. Yo por ti me como un pan con hielo y me tiro por el quinto piso, es más, yo por ti... Allá fuera está el mundo que no se te parece, convulso y detenido a la vez, de rodillas, esperándote.

Ella podría contemplarse durante horas, creerse libre, segura, dueña de sí, alucinada todo el tiempo por la admiración que le provoca su doble, su otra imagen procedente de un país de reinas rojas y blancas, su poder verse como la ven los demás. Todos: sus amigos Fabián y Camila, sus amantes, sus desconocidos, el gran ojo incomparable de sus desconocidos, *Big Brother is watching you*, el individuo del bar, ellos, todos ellos los demás.

La Mirada se desliza, lánguida jalea real, *abrosyne*, sobre la figura que, portadora de incontables fantasías como las leyendas tristes o escabrosas de la tierra de los *fiords*, convoca a la suspensión de todos los juicios, al éxtasis, a la guerra de Troya. La Mirada, sin embargo, acaricia algo también efímero, expuesto a una agresión inminente por inmaculado, por demasiado nórdico, por demasiado erguido y ajeno al paisaje tropical, donde la piel blanca suscita (es inevitable) desconfianza, temor, recelo. Algo señorita Julia, *voulez-vous, plaisanter, madame la comtesse!*, que emana de su sombra, de sus ojos de colores distintos, de la sonrisa con hoyitos. Algo trágico como un soldado de plomo que heroicamente se derrite, una bailarina de cartón en el fuego, una pastora y un deshollinador que regresan a su estante, una pelota sucia y desinflada, una sirenita convertida en espuma de mar; algo semejante a la lumbre de una antorcha en ese castillo lóbrego de los cuentos que un día me hicieron llorar, donde el viento, sin más ni más, puede abrir de nuevo una ventana.

Playa de arenas negras, más negras que Bibijagua, es el escote alto por donde vuelven a transitar dos viejos conocidos de la Miranda, el enano y la sirena de trapo, para asistir esta vez a un incendio, a un estupro, a una ejecución o a cualquier otra de las festividades que prefieren. Ellos adoran los espectáculos, no temen ahogarse en la sangre que brota de su tierra cada mes a la hora del cuarto menguante. El enano, feroz como de costumbre, frunce el entrecejo cuando lo hieren los dos diamantes puntiagudos donde ha pretendido sentarse. La sirena de trapo se burla un poco del aventurero, levanta con su cola nubes de arena negra, simún de la escena silente. De repente otro sismo (tal parece ser su destino) los desparrama como piezas de ajedrez: la ilustre niña se ha vuelto y le ha preguntado a Camila si se ve bien. Y no es coquetería, en serio luce preocupada.

—Ya lo creo—murmura la sacerdotisa mirando al suelo en busca de los personajes.

—Oye, atiéndeme, ¿qué tú buscas? —el enano con la sirena de trapo sobre la espalda procura trepar por una de las piernas de la modelo—. Pero, ¿qué se te cayó? ¡Tú nunca me haces caso ya!

—No digas eso —Camila la enfrenta con una sonrisa optimista y algo idiota—. Eres muy bonita, eres la más bonita, nadie es como tú. ¿Qué te pasa? ¿Ya se te olvidó?

La modelo no dice nada. Tal vez piensa que su hermanita tiene razón. Es peligroso, muy peligroso, olvidarse de quién es uno.

Sobre todo cuando los demás no olvidan, porque las imágenes demasiado llamativas permanecen largo tiempo en la memoria colectiva. Pero la ilustre niña no puede recordar ahora el alto precio que ella misma se ha puesto. Hay una circunstancia especial que sus palabras torpes son incapaces de reproducir.

Hace muy poco ha conocido a un tipo increíble, un tipo distinto a todos los demás tipos, no es que esté más bueno que nadie, tampoco lo contrario, no se trata de eso, es traductor, periodista, qué sé yo, pongamos escritor, aunque eso no tiene importancia, no me mires así, un tipo de lo más simpático, que no está del todo disponible, pero qué más da, si entre ella y la esposa del tipo no cabe comparación posible, pues se trata de una tipeja insignificante de esas que vienen al Caribe a buscar lo que no hay en sus países ridículos, aburridos y con altos índices de suicidio. Van a verse hoy (la modelo y el gran tipo) y blablablá blablablá blablablá. Que la sacerdotisa, por favor, le desabroche el vestido, un poco caro, ¿no le parece?, pero está monísimo, justo lo que ella necesitaba. Y que espere afuera.

Camila apenas escucha la andanada. No hay que reprochárselo: cualquiera en su lugar haría lo mismo. Una buena mucama no tiene por qué ser también una buena amiga. Sólo le sorprende que una vez más la modelo no desee posar desnuda, como antes, para la Mirada transfiguradora, que imperceptiblemente rehúya el contacto de sus manos. «Es ella quien se aburrió de mí», piensa la sacerdotisa. «No debería sorprenderme, yo no soy precisamente la persona más entretenida del mundo». Sale del probador entre las expresiones furibundas de una bandada de pajarracas expectantes.

Había sido en un bar.

Algunas noches en que todo parecía irreal, ella tomaba ginebra (ni preguntes) y salía sola. A huir de la repetición, de los puntos muertos. A sacudir el polvo y la hojarasca de los lunes, que eran casi todos los días de su vida. Soñaba con estar en otra parte, en otro tiempo, que sus sandalias aladas la llevaban por una ciudad otra, donde cada esquina podía ocultar un asesino. Le hubiera fascinado encontrarse con un asesino, con uno bien sádico. Obligada a proyectarse dentro de relaciones de carencia, invertía la situación mediante una exuberancia simbólica, convirtiendo la ansiedad en barroco, en un exceso de deseo dirigido hacia palacios y rostros fantásticos, como los que nacen del fuego. Cualquier percance le parecía entonces capítulo de *bestseller*, una aventura, uno «de los Grandes Acontecimientos que han convulsionado al Planeta, de los Sucesos que han atraído la atención del Universo y que forman parte de la Historia del Mundo». Algo que solo a ella, ilustre niña, podía sucederle.

Por supuesto, un imaginario tan hiperbólico no sobrevivía por mucho tiempo en el interior de una cabecita tan perezosa y apegada a la tierra como la suya. Los mismos vapores que lo hacían fluir se encargaban luego de disiparlo, de reducirlo a los lunes y martes de una vida chiquita, trivial, sin complicaciones. Ella solía terminar sus borracheras haciendo pucheros o acostándose con un tipo tristemente corriente que jamás llegaba a comprender que se esperaba de él. «Bovarysmo», habría de ser el diagnóstico de Emilio U algún tiempo después.

La noche del bar, con semipenumbra, aire acondicionado, música como salida del interior de una botella, cristales y voces en sordina, un tipo como de ochocientos años (así lo contaría ella más tarde) la había mirado con tremenda locura desde la barra y con voz de ultratumba le había dicho que si algo le gustaba en esta vida, no se asuste, señorita, no la voy a molestar, si algo le gustaba en esta vida, había dicho el tipo, era él... batido de pera. Sí, sí, de pera. No era nacionalista el anciano en esos de los batidos. Bien frío el batido de pera, sí señor, bien frío, con cubitos de hielo y todo. ¿No lo había probado la señorita? ¿No? Qué lástima. Él sí: en ese mismo momento se estaba tomando uno, con mucha azúcar, allí mismo –había señalado vagamente el techo y las cortinas– sin que ella se diera cuenta, claro, para no incomodarla.

La ilustre niña había sonreído como para un anuncio de pasta dental mientras pensaba en la decadencia de una ciudad donde unos creían beber ginebra, otros, batido de pera, otros no creían nada y, para colmo, ya los hombres no sabían qué coño decir a las mujeres. Era como habitar en las antípodas de una gran época amorosa, de la monodia sáfica, la poesía provenzal o la galaico-portuguesa. No por ignorarlo dejaba Bibiana de sufrir por ello.

–De eso mismo se trata, mi hermanito –había sollozado alguien tras ella–. La literatura ha muerto.

Sorprendida, la modelo se había vuelto hacia una mesa borrosa como un paisaje londinense alrededor de la cual varias siluetas imposibles festejaban lo que parecía un velorio. «¡El Diablo», había murmurado, o más bien había creído murmurar, porque en verdad lo había dicho tan alto que todas las siluetas la habían oído para transformarse de repente en formas corpóreas, ojos cansados que miraban sin asombro.

–Sí, es él –había proseguido el quejumbroso–, es el mismí-simo Satanás que conspira contra las letras… ¿Es que no lo están viendo? ¡Dios mío! ¡Alguien tiene que llorar!

Entre las formas corpóreas se habían cruzado algunas sonrisitas maliciosas.

–Sí, tus lectores –había respondido uno, canoso, mientras se levantaba–. Voy a traer más, ¡todo el mundo Bucanero negra! A propósito, de un tiempo a esta parte te me estás pareciendo a Lutero, el blanco, con eso del Diablo y las moscas que no lo dejaban hacer su gran obra…

–No me vengas a estas horas a tratar de hacerte el gracioso ni nada de eso, viejo, que nos conocemos bien –había dicho el quejumbroso a la espalda que se alejaba–. Ése es el problema de ustedes: siempre tienen que hacer un chistecito de mierda. Aunque se mueran. ¡Estoy hablando en serio, señores!

–Déjate de eso, negro –había dicho otro, flaco–. ¿Qué es eso de hablar en serio? Ésa sí que es mala. La peor de las borracheras. ¿Por qué no te refrescas un poco, eh?

–¿Ustedes saben una cosa? –había dicho el negro casi gritando–. Me tienen harto. Sí, como lo oyen, ¡harto! ¡Me tienen hasta aquí! Se pasan el tiempo en lo mismo y lo mismo, jugando a los escritores, la antología por aquí, la revistica por allá, el premiecito de no sé qué, se reúnen en la azotea para hacer vida social y eso, pero en la concreta… ¡nada de nada! El tiempo va pasando, va pasando y ya no son unos niños, ya no pueden ser Keats o Rimbaud, para poner un ejemplo. Ahorita se pudren y no pueden ser nada. ¿Lo sabían? A ver, nenes… ¿dónde están los libros personales? ¿Dónde la gran novela de esta generación, eh? ¿O el gran libro de ensayos, dónde? ¡Cómo si no los conociera! Lo que ustedes tienen es tremenda plasticancia.

Y se hizo la incomodidad. El carraspeo. El bufido. «Plasticancia», había susurrado alguien, «palabrita cayohuesera».

–Anda, negro, estate tranquilo –había aconsejado uno con espejuelos–. ¿Por qué no te vas a dormir, eh? No te lo digo por nada, tú sabes que no. Mira, atiéndeme, mira para acá, si tú quieres hablamos de eso en otro momento, con más calma, ¿tú me entiendes? ¡Pero no te pongas cargante, viejo!

En vista de que no conseguía estimular como quizás deseaba a los otros, quienes persistían en ser el infierno, la total y despreciable *otherness*, el negro, «yo no estoy tan borracho como tú crees, así que déjate de estarme diciendo lo que tengo que hacer, ¿oíste? ¡Corta, corta la trova esa!», se había puesto de pie, gordo y descomunal, y después de un gesto que pretendía, tal vez mediante un conjuro, ¡zas!, borrarlos a todos del mapa, por ampliar sus horizontes y meterse de lleno en el desencuentro se había dirigido a ella, quien aún los observaba rubiamente recostada a una columna. Porqué Bibiana se había quedado allí, incluso cuando ellos y el viejo del batido de pera habían dejado de hacerle caso, era algo que ni ella misma sabía. «Me es incontrolable», «Preferiría no hacerlo». «Lo pensaré mañana». Por lo pronto aquellos tipos hablaban (con tremenda falta de naturalidad) de cosas extrañas y poco interesantes, hacían su bohemia.

–Mucho gusto, mi nombre es Roger, Roger Brooks, para servirle –el negro había extendido la mano y la había retirado al punto sin esperar respuesta–. ¿Quiere sentarse aquí? Enseguida le busco una silla.

–OK –había aceptado Bibiana encogiéndose de hombros, mientras todos volvían a mirarla no sin cierta hostilidad. O al menos eso le había parecido, qué tipos.

–¿Por qué ella nos mira con esa cara?

–¿No te das cuenta, chico? Somos un espectáculo deplorable.

–Pero bueno, ¿es muda?

–No les haga caso –había intervenido Roger Brooks–. Éstos son unos farsantes, unos infames, pero no se comen a nadie. ¿Quiere una cerveza? ¿Cuál prefiere? Quiero decirle una cosa: me parece muy bien que usted nos acompañe.

–Ahí lo tienen: todo un *maître*.

–Y después quiere ser famoso y que la gente le grite por la calle ¡eh, mira, por ahí va un escritor! ¡Malone muere!

–Eso de Malone le viene que ni pintado. Es un Malone completo…

–Oye, de verdad me parece que no le gustamos a la muchacha…

A ella le daba la impresión de que, por algún oscuro motivo, ellos no querían ser amables. «Bueno, no es obligatorio», había pensado algo asustada, pero sin perder la calma. Acostumbrada a brillar como una estrella para la pandilla de diseñadores, estilistas, fotógrafos y amantes ocasionales, simulaba interesarse en la novedad.

–Gracias –había respondido–. Yo me llamo Beatriz. Cualquiera me da igual.

–¿Qué cosa es lo que te da igual? –había preguntado el flaco.

–La cerveza –«Y a mí me trata de usted», hubiera deseado añadir, pero no se atrevió.

–¡Ah, sí! La cerveza. La bucanera. ¿En serio? –«Qué clase de cretino», había pensado ella.

–Sí, en serio. ¿Qué otra cosa iba a ser? –la modelo sacaba arrestos de alguna parte y de pronto se sentía valiente frente al club del batido de pera.

–Bueno, bueno, no hay que ponerse así.

–Yo no me pongo: a mí me ponen –había torcido el gesto, sin la menor idea de lo que había dicho, empinando la nariz como una altiva reina viuda.

–¡Así! ¡Duro con ellos! Voy en pos de la susodicha –el gran Roger, «a veces me entran ganas de retorcerle el pescuezo», «ah, no es para tanto», «con él no se puede coger ningún tipo de lucha, señores y menos hoy que está en su punto de caramelo, recolectando niñas y todo», «bueno, la verdad es que tiene su parte de razón», «¿y quién lo discute?», «es la resaca del viaje», «¡ah, no! ¡histeria colectiva sí que no!», «vamos, vamos, déjense de plasticancia», el gran Roger, decía cuando me interrumpieron, pletórico de energía había salido disparado como la flecha de Robin Hood para tropezar casi enseguida con el canoso, quien venía de regreso, triunfante y bien provisto.

Había sido un choque tremebundo, una espantosa colisión inelástica, donde, pese a los malabarismos puestos en juego, las latas habían volado en todas direcciones. Cilindros de agresivo metal surcaban el espacio. La guerra de las galaxias. Los de la mesa, *safe*. Un grito en la oscuridad del fondo. «ya jodieron a alguien», «menos mal que no eran botellas».

Una camisa blanca se había acercado al lugar de los hechos. «De madre con esta gente», pensaba la ilustre niña y emergieron de su memoria, como gotas de cera hirviente o de súbita comprensión, las manos de Mustafá Abdul, su único muerto, extendiendo un abanico de cartas sobre el tapete.

El Emir, como le gustaba llamarse, había sido un hombre pintoresco, con aire de carnaval. Resultaba difícil tener en él y en su sabiduría una fe distinta de la que suele tenerse en los sueños o en el teatro. O en la magia. De hecho, la ilustre niña jamás creyó en él, aunque lo encontraba simpático, eso sí, con todos sus trucos de manos y aquel maravilloso café que sabía preparar. Por lo demás, el último acto de drama, inverosímil de punta a cabo, quizás hasta fuera digno de figurar en las *Mil y una Noches*.

Nacido en La Habana, había sido hijo de un sirio que en realidad no era sirio, sino palestino, y de una andaluza medio gitana, personajes que nadie sabe cómo habían venido a parar a la Isla. Aquí se había casado el Emir, precisamente, con una judía sefardita (el falso sirio no era nada fundamentalista o quizás por aquel entonces aún no existía el Estado de Israel) y había sido feliz con su Rebeca hasta la muerte de ella, ocurrida veinticuatro años después. Sus siete hijos, todos varones, ya adultos y dispersos por el mundo, respondían a los insólitos nombres —sacados de la misma caja que el abanico de sándalo y la bola de cristal— de Bacduc, Bakbarah, Bakbac, Alcuz, Alnaschar, Schacabac y Billah.

El Emir también había sido, y no es esto lo de menos, cartomántico y ojiverde. La ilustre urraca había robado del escritorio de Fabián la insignificancia de un dracma de plata para regalársela, ya que el amable viejo no cobraba nada por la lectura de los arcanos principales del tarot. Según el Emir no era necesario entrar en detalles y, además, resultaba vulgar. Entre la densa neblina que por aquellos tiempos representaba el futuro de Bibiana, había aparecido, difuso y amenazador, un Diablo. Ella se había reído y una semana más tarde el Emir se moría de un ataque al corazón con el dracma en el bolsillo izquierdo de la camisa.

Qué había motivado ese recuerdo y a la vez la sensación, tan poco frecuente en ella, de haber comprendido o, más bien, de haber vislumbrado algo, Bibiana no lo supo, o no creyó saberlo, hasta pasado algún tiempo.

Mientras tanto, la camisa blanca y los implicados en el incidente de las latas habían llegado a un acuerdo. Después de intercambiar algunas palabras, gritos y recursos paralingüísticos de diversa índole, se había puesto en claro que, en primer lugar y por suerte para todos, no había que lamentar muertos ni heridos ni daños materiales. Y en segundo lugar, el negro, el totí, era el culpable, por lo cual debía permanecer en su mesita, tranquilito tranquilito sin meterse con nadie. Eso, si no quería ser expulsado deshonrosamente.

El gran Roger, como es de suponer, no había encontrado satisfactoria la solución: él no era ningún niño –siempre sacaba a colación el tema de la infancia– para que lo estuvieran regañando ni nada de eso y no admitía ese tonito, que un accidente lo tenía cualquiera, ni que hubiera puesto una bomba, etc. Tras advertir, con mucho amor propio y sin el más mínimo sentido del humor, que le habían jodido definitivamente la noche, se había marchado, olvidando por completo a su invitada y protegida. Los otros, «ya se le pasará», no habían puesto el menor empeño en retenerlo. Ninguno había llegado siquiera a insinuar que todos los negros eran iguales, que si no la hacían a la entrada la hacían a la salida, ni que una negra se demoraba nueve meses en botar la basura, ni nada por el estilo, aunque es muy probable que algunos hubiesen tenido tan ilustres pensamientos, si me perdonas la expresión, en la punta de la lengua. Ninguno de ellos se consideraba racista, pero el gran Roger con sus cosas de vez en cuando conseguía sacarlos de sus respectivos quicios. Era inevitable.

Después de la tormenta, Bibiana se había empeñado en abrir con las uñas una lata de cerveza algo abollada. El chasquido había sonado como un despertar más allá de la irrupción en la espuma que se desliza amorosa en el sabor familiar de ciertos espacios. Como una señal de redescubrimiento. Para ella, perpleja por no preguntarse qué hacía allí, en lo que iba pareciendo el final de otra jornada inútil, mientras volvía a evocar el índice del Emir apuntando al Diablo. Por no sentir tampoco que su situación en aquella mesa con aquellos tipos era, cuando menos, absurda.

A pesar de ser ésta una de esas noches suyas en que todo parecía irreal, el asombro innecesario confirmaba que aún no se había derribado el fetiche de las obsesiones diarias, de los objetivos, los imprescindibles objetivos que hasta en las aventuras locas tienen la obligación de legitimar cada paso, cada mínimo toque de dedos. Hay momentos en los que, aunque se hace posible VER sobre la superficie undosa que la luna brilla porque brilla y bajo el árbol la sombra crece porque crece y así el viento, los interiores y todo lo demás, uno, eterno perseguidor de sentidos, de filosofías que lo hagan sentirse más seguro, a salvo de la ansiedad del Tiempo, se empeña en inventar explicaciones con admirable diligencia. Uno supone que necesita justificarse porque el estar ahí tiene sabor a estafa, a contrabando. Puede ser un proceso automático, como en el caso de Bibiana, quien nunca pensó más de la cuenta y aun así fabricaba sus coartadas. El acto sin propósito es inadmisible. La no-mente preocupa, enferma, duele. Puede hasta matar. Vendría bien entonces el bastonazo del Zenji: a algunos pensadores rabiosos sólo los detiene una buena fractura de cráneo.

Ella no permaneció, pues, por causa de un Diablo que le proporcionara, según suelen hacer, la ambicionada intensidad de un presente de precaria consistencia a cambio de la incertidumbre del futuro, de la eternidad que para nada cuenta porque no se siente, porque, como diría Borges, nadie se cree de veras inmortal. No. Había un Diablo, en efecto, pero no se correspondía con la figurita verdosa y malintencionada del tarot. No se correspondía en general con ningún signo de tentaciones surgido del cielo o del centro de la tierra por obra de alguna voluntad secreta. Este Diablo, de naturaleza quizás más simple, estaba hecho de una sola pieza, era un Diablo irreductible, absoluto. Era la acción misma de quedarse, el ansia de permanecer que había leído el Emir, viejo intrigante, no en las cartas, sino en la frente, los ojos, la manera de caminar, la sustancia toda de la modelo. Allí donde siempre había estado.

Ella fumaba y bebía en pequeños sorbos como alucinada. El chasquido, producido tal vez por un gesto elegante, había vuelto a convertirla en centro de atención. Lo que le había molestado en ella al principio, algo difícil de precisar, no parecía molestarles ya. Los escritores, me han dicho, suelen ser gente voluble, llena de manías y caprichos. Habían descubierto ahora, a pesar de la poca luz, que se trataba de una mujer muy bella, si acaso con algo desconcertante, tal vez asimétrico, en el rostro.

Qué hace un racimo de tipos inconformes, con antiguos rencores ni siquiera suyos a flor de piel, que se juzgan cada uno por su cuenta superiores –y no importa lo que esto signifique– no sólo al transeúnte que cruza la avenida con una flauta de pan bajo el brazo, eso se da por descontado, sino también a sus amigos, a sus amantes muchachos o muchachas, qué hace un manojo de promesas incumplidas, «herederos» –esta palabra es suya– de una escritura frustrada, y algún que otro señor maduro, poseedor de cierto renombre provinciano que considera poco aunque se sabe «mediocre» –esta palabra también es suya– y celoso de la piel de los veinte años y no se le oculta que jamás llegará a ninguna parte de ésas a las que aspira, a pesar de su célebre lengua bífida, atributo más envidiado del viejo cínico, todos con más de un par de tragos encima y convencidos de que su mundo es el Mundo, qué hace una banda así con una mujer bella, desconocida y sola es algo en lo que no vale detenerse mucho. Después de todo, el pavo real también despliega su cola y, si se viene a ver, quizás la única diferencia radica en que la cola del pavo real no es aburrida.

El lado irrisorio de este ritual, danza desmañada para teatro de marionetas, bufonada triste, sólo podría apreciarlo en su justa medida la dama en cuestión. Pero sucede que no le interesa. La belleza verdadera no es amargada ni sarcástica, cree en sí misma con toda la fuerza de la evidencia. Todos los homenajes, aun los más grotescos, son bien recibidos. Si los admiradores carecen de talento, imaginación, bondad, maldad, elegancia y dinero, si por sus caras parecen sapos o lagartijas, eso no importa mientras la reconozcan a ella, quien levemente intuye que, entre las sombras no hay más remedio que brillar. El pago, pues no hay nada más parecido a una transacción que toda esta parafernalia, consiste a menudo, más allá de cualquier expresión corporal, en demostrarles a ellos que se cree en lo que ellos quieren que se crea a cada momento, en lograr que se sientan convincentes, necesarios, lo cual casi siempre suele ser tan fácil para una mujer como fingir un orgasmo.

Aquella noche, dadas las circunstancias, los pavos reales del batido de pera posiblemente hubieran hecho de las suyas. Cada cual en su estilo y sin estorbar demasiado a los demás: el tímido que la contempla a distancia y cuidadoso deja caer algunas frases asépticas y quizás una flor —hay flores que nacen en los bares—, el atrevido que alaba sus manos y poco a poco va poniendo las suyas donde no debe, el presunto indiferente que aventura un comentario despectivo para vigilar su efecto con el rabillo del ojo, el gracioso que la hace reír con sus arlequinadas, el *gay* deprimido que sufre en silencio sus propios afanes protagónicos, el incalificable, en fin, que después de apreciar su perfil (griego, por supuesto) desde distintos ángulos, le dice, muy serio, que en su nariz hay siglos de cultura. La modelo, quien conocía muy bien este lenguaje, cuya corriente de significados fluye casi siempre al margen de las palabras y los silencios, estaba dispuesta a dejar atrás su miedo y al Diablo, que había estado asomando la oreja impertinente. Una situación así no requiere explicaciones, menos mal. Se vive y punto.

Sin embargo, todo acabó cuando apenas había comenzado. La ceremonia no llegó a realizarse. O tal vez sí, pero en una forma inesperada. Sucedió algo que, sin ser nuevo ni estar muy lejos de lo trivial, la ilustre niña no hubiera podido prever. A pesar de haberlo deseado durante mucho tiempo. Y la encontró segura, despreocupada. Vulnerable.

Sin nombre todavía (otra vez vida secreta), había aparecido él. Nuestro oscuro galán. Ese mismo que tal vez esperabas desde hace rato, harta (o) de tanta divagación. Pero todo llega en su momento, no hay que apresurarse.

De dónde provenía este zángano que verás convertirse en abeja reina es otra pregunta sin respuesta. No era el flaco, ni el canoso, ni el de los espejuelos, ni usaba camisa blanca, ni tomaba batido de pera. Puede decirse que no se había manifestado en ningún momento, quizás porque nada le había interesado lo suficiente como para hacerse notar o porque le dolía la cabeza o porque era uno de esos a quienes les gusta aparecer en la fiesta cuando ya el salón está repleto. A lo mejor acababa de llegar de algún lejano país, deslizándose entre los otros sin hacer ruido. Sea como fuere, sólo el interés de la modelo lo había recortado del fondo para otorgarle una individualidad tal que ya se hacía imposible suponerlo desprovisto de ella en cualquier instante anterior. Y por un principio de identidad o simetría, como en el cuento del huevo y la gallina, sólo la aparición de él había despertado, por fin, el interés de ella. No hay motivos para tratar de entender: era una noche loca y allí estaban los dos.

Sin dar explicaciones, como debe ser, él había anunciado su decisión de contar una historia. Los demás no se habían mostrado escépticos ni sorprendidos. Entre ellos y él parecía existir una especie de respeto convencional, cortesano, basado en una distancia que a él le deparaba cierta sensación de poder y que ellos no pretendían disminuir, si bien no había que ser demasiado perspicaz para notar de inmediato que no lo querían. Algo había en él que los intimidaba un poco –tal vez la buena suerte, sencillamente prodigiosa, que ellos mismos le atribuían–, aunque hablaba bajo y no parecía agresivo, incluso más bien frágil, amanerado.

Su voz era profunda, hermosa. Distinta, sin embargo, a la de Fabián, que daba la impresión de reunir en un solo haz las fuerzas de todos los rincones de su cuerpo, como un puñetazo bien dado. No, esta voz tenía algo de impostada, de teatral reciente, de construida apenas en la garganta como un dejo de histeria, lo cual ni la hacía menos agradable ni era óbice para que ellos pusieran a disposición de él su mejor silencio y atención como quien da al César lo que es del César.

Las historias que solía contar entre ademanes regios ya habían sido escritas por otros y eran bastante conocidas, pero él, a la manera de los trágicos griegos, les imponía un sello tan peculiar que se hacía muy difícil distinguir lo propio de lo ajeno. Era un narrador de lecturas que utilizaba los textos anteriores como un manantial de mitos manipulables a gusto. No lo movía a ello ningún impulso de rebeldía contra lo instituido, su intención no era el pastiche ni la parodia ni la cita irónica y el término «iconoclasta» no era el más exacto para definirlo. Le gustaba contar historias dormidas tal vez para despertarlas, hacer el rapsoda, el juglar, mantener en suspenso a un público no integrado por lectores cuyas caras no pudiera vigilar, sino por espectadores –con el mismo derecho a la luz, nada de cuarta pared– que con sus expresiones fueran (o se creyeran) capaces de cambiar el destino de un personaje. Qué podía importarle si existían versiones anteriores. Jamás daba el crédito a ningún autor, hubiera deseado olvidarlos a todos. Vamos, pensaba, ni que el éxito concediera a nadie el monopolio del logos… En fin, no creía estar haciendo nada ilícito y si te parece ingenuo, allá tú.

Aquella vez, mientras el gran Roger se lucía y la modelo daba vueltas dentro de sí misma, había estado meditando con todas sus facultades intactas hasta desechar cierta narración con amor y escualidez. Sobre todo por esa parte en que el narrador, soldado americano en la Segunda Guerra Mundial, confiesa haber tirado su máscara antigás para rellenar el estuche con libros, todo eso con el pretexto de que, en caso de necesidad, jamás le alcanzaría el tiempo para engancharse el lamentable aparato. La anécdota en verdad no le parecía del todo mal: le gustaba imaginarse al narrador envuelto en una nube de gases tóxicos y cubriéndose la cara con un libro. Pero un auténtico rapsoda, incluso un aficionado, se debe a su público y a las apariencias y eso de tirar la máscara así por la libre y ponerse a leer tenía un no sé qué de pacifista, snob y década prodigiosa, que no iba con el gusto que se respiraba en la mesa a mediados de los noventa.

También había fallado en contra del bienaventurado hombre de Boston y compañía, la pieza de oro de su repertorio junto a «Los desterrados de Poker Flat», no sólo porque John Barth era considerado por algunos de los presentes como una especie de dios de los Vértices y los Materiales Disecados, intocable objeto de un culto periférico y sentimental, sino también porque corría el riesgo de poner «teórico» el ambiente y de que saliera a relucir Severo Sarduy y los tinajones de Camagüey y el neobarroco y la postmodernidad (el tartamudo y el osito de peluche se contaban entre los presentes), algo verdaderamente nauseabundo delante de una muchacha.

Al fin se había decidido, tal vez por mudarse de hemisferio –no quiere decir esto que estuviera ansioso ni que la muchacha tuviese ahora mucho que ver–, a favor de una historia del «mundo flotante», la cual, si bien en su alegría no pecaba de inocente, le parecía de todas la menos corruptible. Se trataba del relato, lánguido y floreado de adjetivos, de una pasión diabólica donde Satanás, bajo otra de sus múltiples advocaciones, no le impedía nada a nadie, ¿a quién se le ocurre? Esa idea del gran Roger acerca de una supuesta conspiración contra las letras le parecía toda ella un inmenso disparate. ¡Si al Diablo le encanta que la gente escriba! Sobre todo cuando se trata de gente que carece de vocación y de talento. En su cuento, por tanto, Satanás lo propiciaba todo como un buen amigo. Desde el amable frío hasta el desenlace feliz. El nombre del autor, o el apellido, con los suicidas nunca se sabe, se le ocurría jerigonza como una culebrita pícara por un tragante. Buen augurio, pensó.

La acción transcurría en un eterno presente dotado de memoria para lo fugaz y transitorio, lo mismo en un barrio marginal de tonos rojonocturnos y lámparas de papel en la populosa Edo, que allá por las nubes que circundan la elevada cima del monte Fuji, sobre la llanura del Musashi esmaltada de mijo, en las chozas de junco de los pescadores de Kisagata o, tal vez, a la salida de un bar en cierta ciudad semiapagada. Hay que decir que él describía los posibles escenarios desde adentro, en una perspectiva ajena al turista y al cazador de lo pintoresco, como si hubiera descubierto sus olores y escuchado su música, extraña melodía de hojas al caer, vestido él mismo de monje peregrino con un kimono oscuro, sandalias de paja y quitasol, como si también hubiese besado, contacto electrizante, los pequeños pies (cabían en una mano suya) de la mujer más bella del Imperio, una muchacha con algo de serpiente como la fumadora de Hokusai.

Aquí encendí un cigarro, se lo daba a Beatriz y sobrevenía un hechizo de sentidos combinados, sinestesia, casi «mundo flotante». Quizás el relato necesitaba humo, pero lo cierto es que este tenía un sabor diferente al de todos los días y que la figura de él, monje peregrino, rodeada por un halo luminoso y verde, emergía entre volutas de la sombra. Los otros también se sentían atraídos por aquel discurso, biombo, paisaje, abanico donde cada pincelada y cada mordida adquirían una dimensión sobrenatural, como de sesión espiritista. Emilio U sabía crear grandes espectáculos, no cabe duda.

Ella había aceptado la ilusión porque él parecía convencido de su historia: Con otro tono, aquella hubiera sido un monogotari más (o uno menos, después de pasar por el cine de Kurosawa), saturado de marcas eruditas, fuera de su alcance por completo y para colmo extemporáneo. Una pareja que hacía el amor o algo parecido en un mundo confuso, fragmentado, que llega en pedazos desde muy lejos –de Isla a Isla la comunicación deviene fantasmagoría, espectro de Banquo– para dislocar el cronotopo y burlarse de quienes, cuchara en mano, buscan lo Otro, lo mítico, lo inefable, de igual forma en el budismo esotérico, Dios los perdone, que en el «mundo flotante». (Un horror equivalente a confundir a Tomás el Aquinate con Ignacio de Loyola). Pero Emilio tenía más gracia que información y la modelo era sugestionable. Aceptaba como ninguno de los otros y encadenaba inspiradores anillos de humo con la misma naturalidad con que los pies de la muchacha, cara de luna llena, se apoyaban en el pecho del monje y descendían lentos en un roce como el de la brisa entre las ramas del otoño.

Sólo tenía que sumergirse, olvidarse de sí misma, seguir el ritmo pausado del monje y la muchacha sin perder el equilibrio hasta llegar al centro, que no era un verdadero centro, de su loto mágico. Sólo tenía que perder el peso de las intenciones para flotar, expandirse, y que la mesa, el bar, la ciudad y el mundo girasen vertiginosamente lanzando objetos y personas lejos de allí. Para confundir su ropa con una seda estampa de grullas o cerezas, para disolverse en la silueta verde y luz. Así era El pájaro: pincel y tinta china, una historia como la seda. Envolvente, translúcida, sensual.

Emilio había terminado de contarla en otro espacio aquella misma noche, dejándola caer en la boca de Beatriz, bien adentro.

Su cuerpo había deseado otros cuerpos y una noche empezó a desear palabras. Fetiches incorpóreos nacidos no sólo de una garganta enferma, sino también de otras, de revistas, recitales, antologías, conferencias, de tarde en tarde la TV, desolación al fin, epidemia. Extrañas palabras casi siempre huecas, sin pretensiones de pureza.

Buenas palabras que para ella vestían algo apetecible por difícil de deshojar. Esqueletos de promesas, guiños, tallos y flores muertas. Camino hacia ninguna parte, sólo círculos. Círculos y otros lugares geométricos que no comprendía ni buscaba comprender. Solo besar, morder, apretar contra su piel como quien añade una fogata al paisaje de nieve. Frases inconclusas en cuyos vacíos se engendraba la sustancia almíbar y acíbar de la seducción, la misma que arrastra las mariposillas hacia el fuego. Diálogos estereotipados, completamente falsos de tanto copiarse en sucesivos espejos.

Las frases debían ser inconclusas, aún aquellas que se referían a otras frases inconclusas. Sobre todo cuando comenzabas a sospechar su inconsistencia, su absurdo de duelo irreal, como interrumpido. Cuando no te quedaba otra salida (?) que ser irónico porque estabas cansado de acariciar a tu rival, a una de ellas… *si la ves, mueres, igualita a Sharon Stone, más delgada, quizás…*, una mujer bellísima que tampoco tú podías penetrar sino era pensando en otra cosa, oye porque ni cuando adolescente la soñaste así y estabas cansado de mirar con espanto a la pared para preguntarle quien vivía del otro lado y de que ella respondiera que un amigo, que si querías que te lo presentara *Es vengativa. Si algún día la conoces, cuídate de ella…* Del cansancio a la dejadez al sentimiento de fatalidad, de condena. Todos los caminos conducían a lo mismo… *No le gusta que la embarren y en cierto recóndito sentido no deja de tener razón…*

Así apareció Emilio, para la modelo y para nosotros, una noche del mes más cruel. Quizás no importa la cronología, siempre confusión de señales, carrusel de símbolos, desencuentros. Emilio U, casi un tipo lucido, seguro de sí mismo, de vuelta en todo, casi un bardo, un druida, un hechicero, un brujo. Casi un buen amante, casi un santo, casi. Emilio U. Y fue el mundo. El mundo que no se te parece. El galope de un caballo americano, de una de los grandes sobre la pradera calcinada con los nervios aguzados y las púas enredadas en la crin rubia, porque hacer el amor, aquella única vez, fue fiesta para ella y fue tortura para él, *kermesse* de fieras, coliseo atávico y fastuoso.

No podía haber sido diferente. De alguna manera Bibiana siempre supo que algo así no podía dejar de sucederle. Sería antes o después, pero sería, porque tal era su vocación: eso que con sonrisa enigmática Fabián llamaba un Gran Amor. Pobre cosa en tiempos de descréditos de los absolutos, las frases completas y los orgasmos simultáneos. Y peor para la ilustre niña, quien no tenía la menor noticia de semejante descrédito (Emilio sí, por supuesto), ni tiempo, ni un mínimo de serenidad para no sentirse inocente, como diría Eco, para aceptar el desafío del pasado, de lo ya dicho que es imposible eliminar. Porque un Gran Amor, al igual que la gloria, eso a lo que aspiraba Emilio, implica fe. Precaria, burbujeante, irrisoria, enmascarada y encima de coturnos, pero fe. ¿Cómo voy a vivir sin mi vida?, se extenuaba Cathy Earnshaw, vulgar sobre la tierra, magisterio en el subsuelo.

Quizás si un día el narrador alcanza la anhelada y escarnecida gloria justo antes de morir atropellado por un chofer de acento picardo en una *rue* del laberinto, ella, al ver la noticia en los periódicos, dirá «yo lo conocí cuando todavía éramos muy jóvenes y vivíamos en Cuba, esa isla que aparece tragada por un gran pez en el tablero del *risk*, yo era muy bonita, ¿sabe?, muy bonita». Llevará encajes negros sobre los cabellos claros, todavía con aire de princesa.

IX.

La espada de vidrio

El hombre incompleto: Emilio U y sus fragmentos.

Un par de semanas antes del accidente, en Saint Germain, Emilio me confesó que siempre creía cuanto le dijeran aquellas personas cuyos motivos para mentir él no pudiese conjeturar. Era una frase que, con ligeras variaciones, yo había escuchado a menudo. Pero en el contexto singular de una confesión –Emilio por lo general era bien reticente, con un sentido del pudor mucho más agudo que el de la mayoría de nuestros compatriotas del Barrio Latino– parecía esfumarse de ella cualquier connotación de simplicidad o torpeza, todo bajo la pertinaz y fría llovizna de septiembre y de todos los días.

Después de tratarlo durante varios años –con algunas intermitencias ocasionadas–, yo sabía que Emilio no era ningún ingenuo y que tampoco se esforzaba mucho por mostrar sus habilidades retóricas con temas que según él no valieran la pena. París no era para él un lugar de calles sucias, con bandadas y bandadas de palomas, ni un laberinto de trazado delirante donde las personas eran más pálidas. Para pensar esas cosas uno tiene que haber nacido en Argelia o en Indochina o carecer de imaginación. El París de Emilio, sin embargo, no era una fiesta y, desde luego, tampoco una gran metáfora. No era él un norteamericano con muchos dólares ni un argentinito petulante. Creo que él mismo no sabía lo que era, pero el asunto no parecía preocuparle demasiado. Nunca escribió sus memorias ni dejó para la posteridad alguna frase empalagosa sobre la mujer y la ciudad que lo habían acogido. París, en todo caso, era el azar.

Añadió esa vez que no se le ocultaba el hecho de que, como dicen en las novelas de espionajes, «todos los hombres mienten», que los motivos de todos esos mentirosos y chacales podían ser lo suficientemente oscuros e intrincados como para escapar a toda posibilidad humana de comprensión y que, en última instancia, para mentir a veces ni siquiera hacen falta motivos. Uno es mitómano y punto. Uno es paranoico, uno se divierte. Pero aún así creía, me dijo, no solo porque le resultaba más cómodo, sino también porque las falacias y mistificaciones, una vez asumidas sin resistencia alguna, tendían con el tiempo a cambiar de signo, a transformarse en hechos. Lo había comprobado, y la soberbia, de cualquier manera, estaba lo mismo en la incredulidad que en la fe.

Por supuesto, ninguno de los dos sabía que él estaba por morir. Era un hombre todavía joven y saludable, sin síntomas de deterioro o decadencia en ningún sentido. Todo en él parecía nuevo y brillante; a su lado uno nunca tenía la sensación de perder el tiempo. Había alcanzado un éxito peculiar y un tanto elitista –era difícil descifrarlo por sus referentes perdidos y sus cadenas de citas, rasgo común a toda la metaficción de aquellos días, pero también era ameno y sabía halagar la vanidad de cierta clase de lector con aceptable poder adquisitivo– justo a los treinta años, punto de equilibrio, como diría Scott Fitzgerald, entre la predestinación y la fuerza de voluntad.

Emilio no llevaba consigo la marca de los seres que van morir temprano, de esos héroes románticos y parecidos a las mariposas. Quizás por eso el accidente fue sentido por todos nosotros como algo innecesario y fuera del tiempo, como un sucesor vulgar, azaroso, instalado en la materialidad más inmediata y desprovisto de toda belleza. La única señal previa –el único indicio que después del accidente quise interpretar como una señal previa, porque me resistía a aceptar que la muerte de un escritor de primera línea pudiera ocurrir de ese modo, tan sin palabras– había sido aquella especie de confesión que no comprendí muy bien, tal vez porque parecía dirigida a otra persona. A alguien que no llegué a conocer y que sólo imaginaba de vez en cuando como el destinatario ideal de todos estos fragmentos, el poseedor anónimo de las claves de Emilio. La persona secreta, nuestro hombre en La Habana.

Según los antiguos, tiene el hombre tres maneras de conquistar el objeto de su deseo. En eso se parece al padre de los dioses, un gran triunfador que fue cisne para Leda y fue toro para Europa y fue lluvia de oro para Dánae. Ni siquiera él, sin embargo, fue alguna vez todo eso *al mismo tiempo*. Y sus amantes, mortales o inmortales, muchachas o muchachos, fueron innúmeros. ¿Cómo podría entonces Emilio, cuya única vanidad era la de ser inevitablemente escritor, evitar los riesgos mortales de un animal dorado provisto de plumas y de cuernos?

Fabián era generoso sin lugar a dudas. Prodigaba su belleza rara, su fuerza, su manera un tanto caótica de amar (no reconocía roles), su gracia, su talento para la cita oportuna y, por si fuera poco, su dinero. Aparentemente, todo le había sido dado sin lucha, sin esfuerzo, y desconocía por tanto su propio valor. La divina providencia, o el azar, o el distribuidor de dones que tú prefieras, no había sido avaro con él y ahora Fabián se entregaba de lleno tal vez para imitar a su candoroso artífice. ¿Qué podía hacer Emilio con sus propias cualidades mucho más modernas si todo aquel esplendor le caía encima y lo aplastaba?

Antes, creyó descubrir su lugar en el mundo, había sido feliz. Absurdamente feliz por la fatalidad, afortunada o maldita, de su escritura. Llegó a creer incluso (él, que por aquel entonces pasaba hambre y ni siquiera tenía donde vivir) que todo el sufrimiento humano provenía de las situaciones equívocas que suele propiciar la falta de una vocación. El albañil que debió ser médico, un edificio que se derrumba; el médico que debió ser pelotero, un paciente que se muere; el pelotero que debió ser músico, un juego deslucido, el músico que debió ser comerciante, un concierto atroz; el comerciante que debió ser cura, un caos financiero. Y así. Más tarde, ante las ruinas del castillo de naipes, lo asombraría la magnitud del error. «Es posible que cada uno de nosotros tenga un lugar prefijado en el mundo más allá de nuestras afinidades y desprecios, dependemos en gran medida de la casualidad para encontrar ese lugar, ese largo lugar».

Emilio no era romántico. De su matrimonio con Cécile Déle-rive, una traductora flaca y apacible que se pintaba las uñas de los pies mientras soñaba con tener muchos perros y muchos gatos, había aprendido, entre otras cosas, a asumir cada relación de pareja como un contrato que ambas partes debían cumplir sin que mediasen demasiadas palabras al respecto. En el peor de los casos, se era explícito una sola vez y ya. A eso llamaba «la educación sentimental». Pero con Cécile las cuentas estaban claras, él siempre sabía qué hacer. Podía quererla serenamente y de hecho la quería con un afecto que tenía mucho de gratitud. Nunca se le había ocurrido sustituirla por nadie.

Fabián, en cambio, no se dejaba querer. Lo desconcertaba, lo abrumaba, se reía de él. Lo obligaba a ponerse en guardia, a dudar otra vez de todo, hasta del cuerpo amable en la noche de una muchacha rubia a quien no volvería a ver. Lo ponía, en fin, en el difícil trance de resucitar historias muertas, temores casi olvidados de la época en que torturaba lagartijas y le sacaba los ojos a los pajaritos, o mejor dicho, de la época en que aprendió que, por más que a uno le gustara hacerlo (no había mayor placer que recortar con una tijera las cuatro patas de una rana viva y asustada), todo eso estaba muy mal. Sobre el destino (o algo así) le había dicho una vez su animal dorado provisto de plumas y de cuernos: «Tú estás desde antes, yo también estoy, o al menos eso parece, pero quizás en gran parte te lo debo a ti. Porque yo no quiero estar». Y esbozaba una sonrisa burlona por eso y otras aptitudes, como si de alguna manera hubiese accedido por fin al Milagro, al encuentro que no buscó y al que ahora no podía resistirse porque nunca llegó hacer del todo incrédulo, Emilio deseaba a Fabián con todo su cuerpo, con desesperación, con miedo y casi con dolor. Lo soñaba muy a menudo –se despertaba llorando o en un grito abrazaba a Cécile, daba un par de vueltas, encendía un cigarro, volvía a dormir, volvía a soñar– y el lejano rostro del hombre de la medalla emergía de las multitudes en que el narrador trataba de ocultarse y hasta de las letras mismas que aún procuraba incrustar en el papel.

Su novela también sufría los estragos del Milagro: era una víctima pasiva que primero fue un juego, un mosaico, una parodia, un *collage* de muchas fotografías, pinturas y recortes de periódicos; luego empezó a coger forma de diario de nadie, de rumor desenfrenado y a la vez agónico, y más tarde no fue ya nada preciso, un espía de la nada, una masa informe y abigarrada de la que había que salir lo más pronto posible si uno no quería volverse loco. ¿Pero a quién le importa la infancia de un libro? A muy poca gente, la verdad. La infancia son los manuscritos. Porque cada volumen publicado es un sujeto independiente, un pajarraco adulto: o vuela con sus propias alas o se estrella. Y era cosa de loco y reloco eso de leer y releer diez mil veces el mismo párrafo, la página eterna cuya eternidad no cuenta, la página perfecta cuya perfección no importa, la página nublada y casi ilegible con esos signo que por momentos parecían borrarse o volverse extraños, milesios, sánscritos, arábigos, cirílicos o chinos, de tanto acariciarlos –golpearlos– con la vista, siempre en la práctica funesta y agotadora de lo que podríamos denominar «una literatura machucada».

Sí, Fabián era un invasor más que atrevido: había clavado su bandera en el mismísimo santuario de Emilio, en ese lugar inaccesible a donde nadie había llegado antes. Y el santuario de derretía como una triste bola de helado bajo el sol de agosto y de todos los días. La cruzada era ya inevitable y el narrador todavía buscaba un acuerdo, una solución civilizada, sin derramamiento alguno de ser posible. Se sentía al borde de una cima cuyo fondo no conseguiría ver, culpable y condenado sin poder precisar por qué; se representaba como una enfermedad infecciosa, una especie de fiebre de los pantanos, aquella pasión de limites desbordados que no acababa de extinguirse por más que día tras día se empeñaba en fatigarla, en hacerla trizas en la cama, en el baño, encima de la mesa, en el carro, en el suelo y hasta en el teléfono.

Del mismo modo que no creía en milagros (porque en eso sí que no creía), tampoco ignoraba que tendría que dar algo a cambio de lo que parecía regalarse, aunque, por más que pensaba no conseguía adivinar siquiera la naturaleza de la ofrenda que aquella divinidad exigía. Y lo peor era que Fabián realmente parecía exigir algo —eso de ir al bosque era plan tan idiota que no valía la pena ni tomarlo en cuenta, ¿qué se podía hacer en un bosque, a ver?— y cada vez que se encontraban Emilio sentía el peso y la inquietud que casi siempre nos deparan las cuentas pendientes.

«El juguete», un proyecto de Emilio U para descubrir, como Voland, los secretos más ocultos de los ciudadanos.

Lo que importa son los efectos, no el mecanismo. [...] La evocación, espeluznante o no, de las imágenes y los sonidos —no intervienen otras percepciones— llega a ser tan placentera que borra de un plumazo cualquier intento de enunciar imposibilidades de orden físico o tecnológico. El juguete y lo que espera de él se inscriben en las certidumbres de lo concebible, de lo verdadero, en virtud de su forma lógica, si bien la verdad y el silogismo no guardan entre sí relación alguna. No hay más. Pero ahí precisamente radica su monstruoso potencial generador. Se le puede llamar el *joruri* privado, el animador de fantasmas, la perspectiva de Dios, el anhelo secreto de casi todos los días. Pertenece a la era del cine, eso es innegable. Una variante perversa (en el sentido de *per versa* o lectura entre líneas) podría ser eliminar el sonido o distorsionar la banda sonoro en ciertas escenas, pues aquí no caben intertítulos ni otros elementos que comportan distancias, irrealidad, ironía incluso. El juguete debe ser, ante todo, productor de fe. Como ya habrás advertido, se parece a un famoso *aleph* que anda por ahí mostrando una atemporalidad y un hiperespacio sólo perdonables en un ciego. La diferencia es una: el juguete no se te impone, no te obliga a unir lo que amas y lo que temes en la Suprema Anulación, en el buen cero divino. No, el juguete te permite tu amor y tu miedo, pequeños y mezquinos, pero soportables. Tú mandas. Verás, si existe o existió sobre la Tierra, lo que desees ver. Tiene el inconveniente (o la ventaja) de ignorar el futuro, puesto que acepta las mismas convenciones acerca del tiempo que tú aceptas en la vida cotidiana. [...] El modo de comunicarse con el juguete, es decir, el modo de preguntar, carece de interés. Quizás se trata de imaginables botones, teclas, palanquitas, «ratones» y conjuros diversos. Podrás aprenderlo sin mucha dificultad. Sólo importa una cosa: si tu pregunta es sólida –no se admite el humo ni la metafísica– la respuesta que recibas será siempre capaz de destruirla.

Los cuerpos que cuelgan.

Fabián hacía alarde de un temperamento sanguíneo, violento y extremoso, pero nada podía ser más incierto. No es que fuese cobarde, simplemente era frio, calculador como la mantis o el pepino de mar o el más desaforado de los Claudios frente al espejo, según aparece en los chismes de Suetonio. Emilio lo sabía y tan cuidadosa inversión, anómalo reverso de su propio disfraz de monje peregrino, no dejaba de inquietarlo. Hubiera deseado disponer en serio (fuera de la literatura, quiero decir) de su juguete rabioso para recorrer, linterna en mano, los paisajes interiores de aquel simulador de Marte y de Changó que tan razonablemente odiaba la paz. Pero Fabián no tenía pasado o, al menos, prefería no hablar de eso.

Varias veces habían concluido a golpes alguna discusión sin importancia –bueno, eso de que al loco le diera por romperle su camisa más elegante, o por tirarle un cacto con maceta y todo, no estaba bien– y de ahí, a penas sin transición, como si se tratara de una misma cosa, habían pasado al sexo, lo cual encantaba y a la vez repugnaba a Emilio. Con cualquier otro tipo menos fascinante que el hombre de la medalla la primera de esas broncas hubiese sido también la última. Y con una muchacha, ni hablar, Emilio jamás había maltratado a una mujer ni tampoco lo haría más adelante.

Pero Fabián no era ningún histérico de esos que se calman con cuatro gritos y una bofetada. Sus golpes dolían y parecía conocer el punto justo donde una patada no demasiado técnica pueda sacarte la vida a pedacitos. La primera vez que Emilio se sorprendió procurando no tocarle la cara, porque romper esa boca y esa nariz hubiera sido un sacrilegio, pensó que sin darse cuenta estaba llegando a su límite, que aquel podía ser un jugo peligroso. Porque lo que Fabián parecía necesitar (Emilio empezaba con horror a reconocer la señales y a preguntarse qué habría hecho él para merecer eso) estaba del otro lado de ese límite, de esa frontera que le había impuesto su sentido de legalidad. Un sentido impuesto, pero bien impuesto. Eso, sin contar las obediencias tal vez denigrantes, no estoy seguro, que en algún momento pueden deparar, incluso a los más ateos, nihilistas y librepensadores, esos veinte siglos de civilización cristiana. «De cultura represiva, malsana, hipócrita», habría dicho Fabián casi para recordarlo que siempre existen al menos dos maneras de definir las cosas.

Pero no había nada que discutir. Después de probar la manzana, Emilio no quería ser un superhombre ni estar más allá del bien ni del mal. Mejor dicho, no podía. A diferencia de Lady Macbeth y de Raskólnikov, se conocía a sí mismo lo suficiente como para prever sus propias culpas aún antes de atraparlas. No quería ser un proscrito, un prófugo, un extranjero. Sobre todo por aquellos días en que esperaba viajar a Francia y, sobre todo terminar de escribir su libro. Su apesadumbrado libro, ya sin género, sus papelotes llenos de incoherencias e inexactitudes. Si ese era el precio de su animal dorado provisto de plumas y de cuernos, no le quedaba más remedio que retirarse. Vivían, él y el mundo, momentos de mucha tensión. Así, aprovechando el regreso de la tal Camila, una chiquilla con cuerpo de escoba y cara de estropajo que mantenía con Fabián la relación de pareja más estúpida y más grotesca que había visto en su vida, arrambló con todas las velas –si Fabián insistía en visitar la oscuridad y los susurros y los ojos del bosque, lo menos que podía hacer era conseguirse una buena linterna– en un simulacro de la noche triste, de la noche de todos los muertos. Luego montó por teléfono una escena donde combinaba los celos y algo parecido al sentido común, una escenita quizás tonta, pero qué remedio, hay cosas que no se pueden decir a la cara, con lo cual creyó poner punto final a tanto placer y tanta zozobra. A la inconcebible fabulación urdida por ese loco de rostro renacentista.

En un primer momento se felicitó por su habilidad en lo concerniente a la manipulación del prójimo, sobre todo de un prójimo tan suspicaz e inescrupuloso. Después vinieron las horas muertas y con ellas la sospecha, la risa lejana y algo sarcástica del timador que aguarda. Por último, el deseo. Un deseo parecido a la ubicuidad y a los pozos secos, que tenía mucho de maldición, de ansiedad por destruir, de teatro pánico, un deseo que ardía como el hambre bajo la piel de rinoceronte, que no lo dejaba ni dormir ni estar despierto. Mucho menos escribir o protestarle alguna atención a Cécile, solícita, cariñosa y preocupada por él. Todo estaba sucediendo como mismo lo profetizara Fabián, tan seguro de sí mismo como siempre. A Emilio a veces le entraban ganas de matarlo, aunque sólo fuera para demostrarle que no era un dios.

Una carta de Emilio U.
La Habana, mayo de 1994
Querido:
Sé que tú, como siempre, estás bien. [...] Por mi parte, he estado pensando en un final feliz para mi novela. ¿Por qué no un final feliz? Es que por fin instalé la computadora –no sé cómo me la voy a llevar, habrá que meterla en una caja con poliespuma y todo eso, supongo– y ahora todo es diferente. No lo vas a creer: Me da por organizarme, por hacer archivos y planes. Al principio estaba un poco inhibido, qué te voy a decir. Atrapado entre la tecnología y otros misteriosos manejos. Eso de que los textos se llamen «documentos» no me parecía del todo convincente, ahora, sin embargo lo veo todo tan claro... Marais, el tipo ese de la embajada, lo armó todo y luego, mirándome con una con-miseración infinita, me advirtió que no «derramara la leche», palabras textuales, encima del *keyboard*, porque podría producirse un cortocircuito. ¿Me imaginas «derramando la leche» encima del *keyboard*? Él me imagina así. En aquel momento fue cuando se me ocurrió lo del final feliz. Yo, infame, había dado por descon-tado que todo debía ser bien funesto. ¿Y por qué? ¿Qué me hacía pensar así? El sol. El calor. Treinta y seis grados a la sombra que me procuraban una meticulosa pesadumbre febril y unos deseos locos de ser, como tú, el dios de los ejércitos. Tenías razón, mis problemas con la Isla y su mitología no son de índole política, sino más bien de naturaleza, digamos térmica. Así es el Nuevo

Realismo, se aprovecha de nuestras enfermedades más terrestres y las convierte en una especie de místicas del desapego. Creo que a Marais no le gusta mi acento y que en el fondo quizás es un poco racista. Lo siento. Lo siento de verdad, tú sabes. Yo sólo intento ser amable. Con él y con quienes lean mi novela, con todo el mundo. Una vez, hace años, el amigo de un amigo me dio a leer un cuento suyo y me pidió una opinión. Era una historia muy borgeana, con intrincados laberintos, eternidades, senderos que se bifurcaban por todas partes y alguna que otra idea ingeniosa. No la recuerdo bien, a menudo se me hace difícil recordar ese tipo de cosas. Sé que había un Héroe cuya misión consistía en derrotar a un Enemigo. Al final concertaban un duelo muy singular: uno de ellos debía elegir una entre dos espadas que, dentro de sus vainas, parecían idénticas y dejar la otra a su adversario. Con ellas se batirían. Una de las espadas era de acero y la otra de vidrio. Le toca escoger al héroe y... como la posibilidad era *fifty fifty* el cuento bien hubiera podido concluir ahí. Pero no, el amigo de mi amigo tenía que desgraciar al Héroe a toda costa. No sólo le puso entre las manos la espada de vidrio, sino que también añadió una serie de detalles minuciosamente lúgubres y muy góticos acerca del cielo, de los rostros y no sé qué más. No recuerdo cómo andaba la temperatura aquel día, pero sí que le pregunté al amigo de mi amigo por qué había elegido aquel final y no otro, qué culpa no escrita estaba pagando el Héroe. Me miró perplejo. Permaneció en silencio durante casi un minuto y luego me dijo, con una cara muy parecida a la de Marais con lo del *keyboard*, que yo era demasiado optimista. No llegué a darle la opinión que me había pedido y creo que fue lo mejor. [...] Pues bien, no me gustaría hacerle eso a ninguno de mis personajes, estoy segura. Comprendo que los infortunios tienen el encanto de lo patético; pueden dar impresión de profundidad, de lucidez, de verosimilitud, pero también comprendo que se trata de una falsa impresión, de un sueño de nuestra vanidad impenitente y aun por explorar. Un beso, etc.

Escritura casual.

Movido por un incierto deseo de recuperación, hubiera preferido ser un narrador esencialmente desesperanzado, transmutar en palabras —la más irrisoria de las alquimias— el dolor de sus nervios desenterrados, fotografiar a los dublineses inmersos en sus andanzas navideñas con zapatos de gutapercha, es decir, la inscripción del sujeto en el texto o un golpecito en el cristal a la sombra de las muchachas en flor, monólogo interior, sintaxis sincopada, a distintas horas del sol mediterráneo la catedral que sin lugar a dudas visitaría pronto. Es la convalecencia que a menudo sucede a la fiebre de la experimentación, cuando uno empieza a creerse que ha madurado como una fresa gigante y que ahora sí.

Sin encomendarse a nadie, uno se lanza de cabeza en el hoyo. Sin una anécdota bien trenzada (imposible, la civilización de las anécdotas agoniza, piensa, Emilio tal vez); sombras sin finalidad ni poder destructor, personajes sin rostro como él mismo, a quien no describo jamás desde lo positivo, quizás porque su sueño se parece a Dios; frases que se siguen y se neutralizan sin hacer caso de la lógica, de eso que llamamos lógica por seguir la tradición. Emerge, pues, ya en ruinas, estas historias siempre por construir. Fragmentos apenas susceptibles de ser encadenados siquiera en el más azaroso de los montajes. Textos esquizofrénicos y desprendidos de la imposibilidad, el desorden, una oscura sensación de fracaso y también de impostura algo carnavalesca, triste y jovial. Huesos astillados sin otro futuro en la carne enferma que el de convertirse en juguetes perversos para una tarde como ésta, donde

Camila, que optará por vivir durante algún tiempo, los lee en páginas de antologías, de panorama crítico, de basurero.

No es la primera vez que sucede. ¿Acaso no se puede hablar del autor sin desfigurarlo hasta hacerlo parecer un *clown?* Como si el acto, los diversos actos de narrar fuesen indeciblemente ridículos. Emilio, por ejemplo, solía sentarse con toda intención en la taza del baño para meditar o rezar y después (o al mismo tiempo) inventarse pequeñas fábulas descocidas. Cécile entraba y salía sin molestarlo con sus pacitos ligeros. No decía nada tal vez porque los cubanos siempre le parecieron extraños.

A él le reprochaban a menudo que dedicara tanto tiempo a pensar en las ideas, a escribir sobre la escritura como un perro que da vueltas y más vueltas mientras juega a perseguir su propia cola. «Tienes que contar algo», le decían, «¡La realidad cubana es tan rica!» claro que era rica, riquísima. No había en todo el mundo nada que fuera más sabroso. No por gusto la perseguían tantos editores extranjeros, profundamente interesados en la emigración, las «jineteras» y la «cosa» *gay*, pues ya los rockeros y la guerra de Angola estaban algo pasaditos de moda. A Emilio le encantaba la realidad, sobre todo esa parte de ella que no incluía a todos aquellos tipos que no llamaba idiotas tan sólo porque hacían buenos negocios. (Escritor al fin, era tan intolerante con sus colegas como el Centro del Centro y todos los demás). Para él, Fabián era la realidad, toda la realidad. Pero de eso no quería hablar. Era un asunto suyo y de nadie más. Tal vez pensaba que quien pone demasiado de su vida en su ficción corre el riesgo de poner también demasiado de su ficción en su vida y ese era su mayor temor. Creo que si Emilio hubiera hablado a tiempo, tal vez habría conjurado la tempestad que se avecinaba, la solución radical que intentaba evitar desde antes del primer capítulo. No habría ocurrido nada, ¿quién sabe?, pero también era mi amigo y no deseaba despojarme de la historia que tantos años me había costado reconstruir. Quiero creer eso.

Poco antes de marcharse, Emilio disfrutó muchísimo con la lectura de una de las últimas o quizás la última (luego supo que no era la última) novela de Calvino. Ésa donde se juega a desacralizar algunas de las razas, fenotipos de novelas ya desacralizados con anterioridad –en la banda distorsionada Emilio creyó reconocer entre otras las voces de Chandler, Rulfo, Sarraute, Nabokov y Tanizaki), e incluso el *eidos* de la Novela misma, del Autor, el Lector, el Editor y otros ores adyacentes. El tropiezo con aquellas páginas tan divertidas, mueca de reflejos múltiples, imagen vertebrada por una suerte de paranoia o de afán por lo incompleto, lo irreverente, lo rasgado, lo parasitario, en fin, lo no clásico, parecía haber otorgado en algún momento derecho de ciudad a los balbuceos de Emilio, algo parecido a una droga contra el dolor provocado por los grandes bichos de la modernidad y la imposibilidad de parecerse a ellos.

En virtud de una lectura malvada, Emilio pensó en telefonear a otro para decir que lo admiraba y eso. Todo se reducía a discar un número cualquiera (de La Habana, por supuesto), en ese mismo instante, a pesar de que ya todo estaba listo –pasaporte, visado, pasajes, despedidas, promesas, adiós a las armas–, Cécile contenta y asegurándole que la semana entrante ya estarían pisoteando las calles de Lutecia, observado el reflejo de sus rostros sobre las aguas del Sena luego de un rapto místico, que así se le llama a la histeria gótica, con música de órgano en la nave central de Notre Dame. Emilio no se sentía con deseos de esperar y cuatro minutos después de la última o una de las últimas frases de Calvino, a eso de las cinco y cuarto de la tarde, lo llamó.

Desde el comedor de la casa con álamos alquilada en Miramar. Sin miedo a los fantasmas y a las emanaciones de ausencia. Gracias a la ristra de dígitos escogida al azar, al menos en apariencia, entre una serie de señales reguladas por leyes combinatorias internas. La máquina, articulada a un sistema que durante los últimos meses había funcionado a la manera de una lotería o de un manicomio regido por los mismos pensionistas –el doctor Tarr y el profesos Fether– por causa de un incendio, un sabotaje u otro apocalipsis por el estilo, se tomó su tiempo para determinar el destinatario *sub specie stimuli*.

Había, pues, un destinatario, y el narrador, que pasaba quizás en un truco de ilusionista, en una conjura internacional, en el poder de la fe o en una coincidencia sin explicación, aguardó mientras escuchaba fascinado los timbrazos.

Alguien descolgó. Emilio Romagna supuso, por cortesía, respeto y alguna otra razón poco clara, que debía hablar en italiano, a pesar de que su francés de Alianza era bastante aceptable y de que no era imposible que su interlocutor, nacido en Cuba, conociera el español. El problema era que Emilio no sabía ni una hostia de italiano, aunque no se dejó amedrentar por semejante insignificancia y dijo de corrido y sin respirar algo parecido a lo siguiente:

–Cóme va, Don Calvino? Se una notte d' inverno un viaggiotore. Qui va piano va lontano. Tutti bene. ¡Mío cara fratello! Bona sera, bambino. Sta solo sul cuore della terra, traffito d'un raggio di sole, súbito… Lasciate ogni speranza, per cuesta stella. Non temeré nuotare contro il torrente; è d'un'ánima sordida pensare comme il volgo perché il volg è in maggioranza. Prende fra le mani la testa. Una terra rica di storia, una natura densa di fascino… Allegro moderato, allegro ma non tropo, allegretto… Roberto… ¡Roberto Rosellini!… eh… Ingrid Bergman…

Del otro lado habían estado escuchando con gran curiosidad, cuando, de pronto, el emotivo italoparlante se quedó literalmente sin palabras. «Vaya suerte para un narrador», pensó. Conocía los nombres y apellidos de muchos novelistas, poetas, dramaturgos, músicos, pintores, escultores, arquitectos, mafiosos, políticos y demás italianos célebres de los etruscos a la fecha. Pero, si bien no tenía ningún mensaje específico para Don Calvino, tampoco encontraba esos nombres y apellidos especialmente comunicativos. Eso solía sucederle con todos los nombres y verbos en que reparaba más de lo imprescindible, era suficiente con hacerse un poco el minimalista para que lo atrapara el *non sense*. Nunca antes, sin embargo, había sido tan fulminante como ahora que la pobreza de su lenguaje resultaba patética.

Don Calvino no parecía espantarse con facilidad y eso ya era algo, aunque no mucho si se tenía en cuenta que había muerto alrededor de siete u ocho años atrás, detalle recordado de repente por Emilio. «Me parece que estoy hablando con el más allá», pensó. En los dos extremos de la línea se produjo un silencio pesado, nada *allegretto*. Una voz conocida demostró entonces haber reconocido también la otra voz:

–¿Emilio? ¿Qué te pasa? Ahora mismo voy para allá –y colgó.

Años después, el narrador se preguntaría a menudo qué le había movido realmente a hacer esa llamada, si algún deseo subconsciente lo había traicionado (posibilidad detestable), algún temor a lo inconcluso, a los argumentos que cuelgan como cuerdas mal anudadas, a perderse el último capítulo. Todo y nada a la vez. Porque «todo» y «nada» ya no eran dicotomía. Al colgar, miró a Cécile con una cara muy extrañita.

–Él viene a buscarme –murmuró para sí mismo.

–Tú estás loco –dijo ella y continuó pintándose las uñas.

X.

¡OH EXTRANJERO!

Y fueron alegremente masacrados...

Envuelto en su enorme toalla verde, Fabián contestaba al teléfono entre murmullos allá por las profundidades de la cocina. Bibiana se había arrancado el ojo azul y lo había arrojado al suelo para pisotearlo sin detener por un segundo su campaña de descrédito cada vez más fluida contra el fulano que la había hecho sentirse utilizada en el más denigrante de los sentidos, engreído de mierda, vil gusano, ni que ella fuera un trapo de piso ni un miserable condón para no coger el SIDA, ojalá y lo coja, para que se las vea negras, el muy hijo de la grandísima puta que lo parió y lo va a volver a parir. Decía las incoherencias más vulgares y las vulgaridades más incoherentes que se le iban ocurriendo, con lo cual no dejaba de divertirse en su recién estrenado papel de enamorada.

No le importaba lo que nadie pudiera pensar al respecto, no escuchaba a nadie, de algún modo había accedido a una suerte de pureza donde sólo existían su amor y ella. Porque estaba muy pero que muy equivocado haciéndose el escritor y el inteligente, con lo enano y lo mal palo, remalo, remalísimo que era, pero él iba a ver, él iba a ver que no se puede andar por ahí maltratando a las personas. Con los ojos desprovistos de los viejos colores –el lente verde había descendido por el tragante como un condenado al infierno– encendió un cigarro para exhalar el humo como Marlene Dietrich y desahogarse más a gusto. Camila alzó una ceja como le habían enseñado en la escuela de teatro, gesto en verdad impresionante, pero al que nadie solía hacer demasiado caso.

Sin apuro, con precisión, a la manera de un autómata, Fabián colgó y buscó sus tarecos de afeitar. Se encerró en el baño, el más recóndito recinto de su castillo de Peñafiel, ya que en su cuarto se habían instalado, chachareantes, las dos pericas. Una vez frente al espejo apoyó con ademán solemne el índice contra la sien y disparó. Luego pensando tal vez que las armas blancas eran más definitivas que la falible ruleta rusa, se abrió las venas con el corte longitudinal de los auténticos suicidas, pues despreciaba el transversal de los aficionados. Todo el tiempo en silencio. Simuló por último un ahogo, un golpe fuerte, una caída. Perfecto. Qué agradable llega a ser la violencia cuando se practica con buen gusto, tanto que deja casi de ser violencia, se dijo y recordó sin querer ciertas páginas de Thomas De Quincey que en su momento lo habían impresionado mucho.

Mientras tan importantes acontecimientos tenían lugar en el baño, la ilustre niña comentaba interminable cuán fea era la mujer del fulano. Insistía en una nariz de gancho, unos ojitos de rata, un pelo pajizo y toda la serie de lugares comunes que dan cuerpo a eso que habitualmente denominamos espantajo. En este caso se trataba de un espantajo francés o belga o algo por el estilo, razón más que suficiente para afirmar que seguro no se bañaba (entre los espantajos franceses y afines predomina un aroma formado por sudor y perfume a partes iguales; se trata, según dicen, del olor nacional; cuando una cantidad excesiva de ellos se congrega en un sitio cerrado, digamos la Ópera de París, la atmósfera se vuelve irrespirable para los infelices vástagos de otras culturas) y también que comía ranas, caracoles y demás asquerosidades. Para vomitar. Pero claro, al muy cerdo lo único que le interesaba era largarse, hasta en la cara se le veía que tenía un pie en el avión… Literatura del exilio, qué farsante. Como si esta islita de porquería fuera demasiado poco para él, ¿quién se creía que era? Y si al menos lo admitiera…, pero no, tenía que decir que el espantajo era la mujer de su vida. Nada, que ya no quedaban personas honestas en este mundo.

Mientras tanto, la otra perica, ave silenciosa, hojeaba unas anacreónticas sobre el escritorio de Fabián en un desorden con mucho de abandono. En los márgenes florecían las variaciones en jónico, aisladas por círculos o elipses según el azar de una mano loca, pedestres intentos de traducción del loco *hermeneus*: «Yo jitón llegaría a ser / para que me usaras / agua deseo llegar a ser / para lavar tu cuerpo / esencia, mujer, llegaría a ser / para ungirte». La palabra «mujer» aparecía tachada a medias, como para delatar una especie de resentimiento. El diccionario griego-español, con palabras en forma de bichitos que significaban otras y así hasta el infinito, calzaba los papeles.

Bibiana que si la sacerdotisa, acostumbrada, ya se sabía, a que la trataran a la patada, no estaba en disposición de atenderla, ella mejor se iba, porque ella sí no estaba para eso. Pero de ese día no pasaba el resolver ese desgraciado asunto, aunque tuviera que llegarse a casa del fulano y todo, que ella sabía más o menos por dónde quedaba, y sacarle los ojos a la puta francesa. Sobresaltada, Camila quiso decir algo, pero la ilustre niña tiró la puerta.

Junto al diccionario se amontonaban varias gramáticas y otros libros pretenciosos que jugaban a contar la historia con hache mayúscula de Grecia. De acuerdo con la antigua ley espartana ningún guerrero tenía derecho a ceder, según la página mil veces manoseada y siempre abierta con la vehemencia suficiente para desencuadernar el tomo. En la encarnizada y sangrienta batalla cayó el propio general Leónidas, y los sobrevivientes, leía no sin asombro la sacerdotisa amenazada por la poca luz, continuaron combatiendo en torno al jefe caído. Cuando se quebraron las lanzas, siguieron peleando con las espadas, incluso con los brazos desarmados, hasta que todos cayeron. Pero qué tipos más excéntricos, pensó Camila, cualquiera diría que padecían de tedio crónico. Mala cosa el aburrimiento, a uno le puede dar por volverse heroico.

A través de la ventana el sol de la tarde, irónico como él solo, cambiaba en rojo las páginas y todo el entorno cuando Camila leyó con desaprobación el dístico de Simónides. Hasta ese momento ella había admitido por pura ósmosis una noción muy vaga acerca de la antigüedad clásica –con excepción del teatro, claro– relacionada con cierto aburridísimo catálogo de naves y unos cuantos dioses del Olimpo que, según Finley, no eran más que un hatajo de pendencieros. Nunca se había interesado por ese tipo de cosas, como le sucede a la mayoría de la gente. *¡Oh extranjero!, cumplida con honra la ley aquí yacemos en la tumba.* Con honra, eh?

Y entonces un escolio. Extraño y terrible como el pozo que una vez estuvo debajo del péndulo en una mazmorra de Toledo. En el estilo enrevesado, difícil tapiz de palabras, propio de quien se encuentra a medio camino entre la contemplación y la escritura, de quien ha advertido algo en las madrugadas con sombras chinescas tras la llama de una vela y el cuerpo del amigo a su izquierda en la cama, listo para encontrar metafísica en la fábula de la abuela ciega que seca sus manos con la última página de esa novela policial aún por leer, de quien ha vuelto a descubrir, en fin, la imposibilidad de las ideas y de la escritura de las ideas, pero insiste en expresarse de algún modo. Está claro, y si no, mala suerte, que después de los balbuceos anteriores no me es dado reproducir la nota, que a fin de cuentas como prosa no era nada del otro jueves. Sólo puedo decir que en ella aparecía, casi aplastado por los signos colindantes, un nombre conocido.

Al salir del baño, precioso hombre de la medalla listo para el despegue, Fabián lanzó una mirada fugaz al escritorio. Besó a Camila en la raya del pelo, le dijo que no tenía tiempo para conversar sobre Emilio U ni sobre ninguna otra cosa y, como diría Virginia Woolf, se fue para siempre.

Bajo la lluvia.

Lo mejor de todo es masturbarse, pensaba mientras hacía su camino a pie. Bueno, quizás no lo pensaba, pero de alguna manera lo intuía. El gusano gris y chato, el platelminto, era otra víctima de la seducción. En su estilo gris y chato, desde luego. Algo más que tenían en común, qué gracioso. No estaba molesto por eso, claro. Muy idiota sería si las andanzas del gusano espía de escritorios lograban perturbar en lo más mínimo su disposición mental –ya bastante desfigurada por otra parte– con respecto a lo que deseaba y a la vez temía. Sí, porque él también era capaz de sentir miedo. Los truenos, por ejemplo, lo espantaban y tampoco se atrevía a conducir bajo la lluvia.

Emilio U no cambiaría de reflejo en su tornasol ni de sitio en sus escenario privado –Fabián, para una semiótica proxémica– por el estúpido hecho de que la sacerdotisa se friccionara de vez en cuando imaginando (al narrador) por culpa de sus cuentos, los cuales, por otra parte, a él (a Fabián) nunca le habían parecido interesantes. Eso por no hablar de la novela. Si algún extrañamiento se deslizaba como un pequeño ser de muchas patas a lo largo de su espalda era lo desacostumbrado de ese último episodio, Camila como sujeto del deseo, unido a la sensación largo tiempo esperada de ya es hora, consentimiento, *tragic flaw*, precipitación, desenlace, capítulo final.

Le hubiera gustado gritar el nombre de Emilio, correr, brincar en los charcos como Gene Kelly, arrancar los gajos de las matas. Pero si lo hacía, con esos tirabuzones sueltos, boina oscura y camisa roja donde sólo le faltaba la medalla, con ese disfraz, inocente en cualquiera que no fuera ni él ni cierto comerciante florentino y muerto como él, seguro se metía en un gran lío y no llegaba. No era el único loco que andaba suelto por esas calles de La Habana, donde aún se practica, me han dicho, el canibalismo en su versión más desaforada, ¡ñam! Pero sí era el único loco hijo del sol, el predestinado, el necesario, el que de ninguna manera podía terminar en el manicomio. Por eso, procurando no desbordarse, se perdía en tranquilizadoras divagaciones.

Por ejemplo, la seducción. Detestaba siempre ese concepto y a sus teóricos de la misma forma en que detestaba en su conjunto la cultura universitaria, persistente mole construida a golpes como las pirámides de un campo de trabajos forzados con introducciones, desarrollos, conclusiones, notas al pie y bibliografías. El gusano, cual víctima ejemplar (de la seducción y de la cultura universitaria, la pobre), flotaba en su memoria como el diminuto fantasma de la pared. Muchacha viscosa hasta el escalofrío, sobreviviente de prácticas brutales, radiaciones, anestesias y de repente deseos falsificados. Porque la sacerdotisa, en cuya pancita o sueño de la razón se engendraban monstruos que podían ser niños o árboles, ¿sería capaz de amar si para ello tuviera que salir de su escondrijo? Al despedirse de Camila había sentido cierta ternura imposible –niña fea, niña sola– y ahora volvía a sentirla.

Yo tengo a mi general Leónidas, a mi bestia, pensaba, en este momento sé que puedo, que a los otros se les puede tener, que mi estar aquí no es del todo intransferible. Soy el amante de la abeja reina. Ay, yo me erizo. Todavía no me explico cómo pudo ocurrir. Creo que un día, un buen día, lo encontré por ahí tramando sus mentiras, y comencé a volar y a volar hacía él, libélula presuntuosa. Pero eso no importa. Hemos cometido muchos errores, pero el mayor de ellos ha sido buscar explicaciones. Me molestaban, creo, los videos porno, los diamantes, los tatuajes un poco flor de lis, cualquier ejercicio sin concierto en el exterior de las cosas. Qué clase de tonto. La lengua que Adriano amó por su flexibilidad de cuerpo bien adiestrado no conseguía expresar nada ya, mucho menos lo que de mejor han dicho los hombres. No para mí, buscador de lo impreciso, de lo incierto, del sentido primigenio de alguna parábola, buscador y enemigo sempiterno de los relatos como éste, donde siempre sobra algo, donde otro narrador Narciso se deleita con el ritmo de sus propias palabras y los tres golpes del asesino Duncan resultan fortuitos.

Sin embargo, Fabián había sido feliz y aún lo era, pues creía dirigirse hacia el largo lugar que creía suyo. El gusano poseía una quimera, una utopía sin más fin que no apagarse nunca allí donde él poseía, cada vez más, un cuerpo. La posesión de un cuerpo (y de aquello que lo mueve, se entiende) equivale a estar muerto o a punto, se dijo, saberse dueño de una fantasía es, en cambio, casi vivir en el sentido de ir hacia ninguna parte. Detrás de una sonrisa mojada y recta, tal vez una sonrisa interior, Fabián atravesó el jardín de los cerezos. Tiritando, llamó a la puerta.

Cuando la francesa abrió, todo el aplomo inflado con ginebra por la ilustre niña se evaporó. Sujetó el borde de su vestido tan corto y, sintiéndose desnuda, según suele suceder a las mujeres muy blancas, tiró de él hacia abajo. Era lo más parecido a un gesto nervioso que Cécile había visto en su vida. La misma playa de arenas negras por donde un día pasaron el enano y la sirena de trapo. Y después Emilio U.

—Salió hace un rato, un amigo vino a buscarlo —cortesía impecable a la cual se aferró Bibiana alzando una mirada implorante y sinceramente parda.

—Pero si está lloviendo cantidad…

La francesa miró a la calle ya en penumbras con cara de *L'Année dernière à Marienbad* y luego a la rubia empapada y temblorosa que, a pesar de su bien plantado metro setenta y ocho, empezaba a sentirse del tamaño de un insecto.

—Ah, sí. Llueve, claro —admitió Cécile—. Pase, por favor. Debe secarse un poco, ¿no es así?

La modelo asintió con un agradecido castañeteo y se deslizó hacia dentro. Cécile miró de nuevo a la calle casi tragada por las sombras. Hincó su nariz afilada en la oscuridad, movió la cabeza y murmuró en un francés con aire de destierro que la noche no parecía buena.

El asesino de Duncan.

En una madrugada de pesadilla, húmeda de todos los líquidos, nadie como el narrador para intentar sigilo y después tropezar con cada uno de los muebles y ángulos por llevar a su perfección la torpeza. Él, que había logrado abrirse paso por entre las tinieblas, los crujidos del bosque y el cuerpo de su amante con inigualable presencia de ánimo, corrió a encerrarse en el baño digamos asustado. Todo porque el «reciente hallazgo arqueológico», el regalo de que le hablara Fabián durante aquella tempestuosa última vez, había resultado ser, como temía, un bastón de golf, ligeramente oxidado, pero tenaz y contundente para golpear con él una y otra vez en lo duro y en lo blando hasta destrozar lo que se ama.

Quemado por la sensación de un llanto inminente, se preguntó, como tantas otras veces, cuándo había comenzado a transgredir, a disparar con su arco contra los venados del rey. En alguna fiesta estuvo con otros, como otros quiso divertirse, tentar límites, vivir la fascinación de su propio miedo bajo las caricias y la voz radiable de aquel desconocido. Frotándose los ojos contra la superficie del espejo vio la figura de un hombre cansado a punto de quitarse la ropa y darse una ducha. Siempre lo hacía al regresar de sus encuentros con Fabián, no sólo para esconder de Cécile y de sí mismo cualquier indicio delator (a propósito, ¿qué hacer con esa camisa manchada?), sino también a manera de ceremonia espiritual, de liturgia. Con mucho de comedia, por supuesto. Si alguien le hubiera profetizado entonces que pronto iba a necesitar un exorcismo verdadero quizás se habría inquietado un poco, pero sin creerlo, pues en definitiva se trataba de un amable juego y el Diablo no existía. Tanto temerle al sol, se dijo, para terminar su historia en una noche lluviosa…

Permaneció inmóvil bajo la ducha mirando sus pies. En la suspensión del tiempo, entre los hilos de agua que arrastraban el fango, el sudor, las hojas y la sangre, se encontraban potencias que ya no le pertenecían. El horror de sí mismo era una sustancia con otra vida autónoma donde se agitaba una interrogante: ¿qué voy a hacer ahora? Cómo vivir, en efecto, con un sistema de valores diferente, si acaso se le puede llamar sistema, que nos cae encima de improviso y se nos incrusta en la piel para abrumarnos con nuevas libertades, que se traga el juicio de los incautos como el narrador, nunca atentos a la pluralidad incontrolable de los signos que inscriben tanto en la página como en el espacio. Pues quien ha elegido –aunque suene anticuado y hasta risible– tratar de ser a través de las palabras, debería, pensó, tener mucho cuidado con ellas, con sus trampas y resonancias.

Después de secarse entre aliviado y triste, se deslizó junto a Cécile. La había olvidado por completo. Se imaginó advirtiéndole que él no había salido esa noche, que nadie había ido a buscarlo, que ella debía, por la tranquilidad de los dos, creerse todo eso y más. Que el sol sale de noche y se oculta de día. Que los búhos cantan y los caballos nacen de huevos. Que la tierra es cuadrada y agridulce la sal. Que él no podía vivir sin ella. No apelaría –no lo había hecho nunca– a su sentido de la complicidad, del que nada sabía ni esperaba saber. Más bien procuraría sugestionarla, como el leñador de cierto cuento de Stephen Crane hizo con sus hijos en la cabaña del bosque.

Pero él, escritor al fin, incurría en ridiculeces bastante a menudo sin necesidad de hacer el héroe del suspenso. No hay que exagerar, se dijo. Sabía muy bien, además, que no sucedería nada. Ni la ventana era indiscreta ni el plazo expira al amanecer. Así, entre chistes pésimos, emergía de la angustia con maquillaje de Clown el Maestro jovial de la sacerdotisa. Despertó a Cécile con una nalgada y un susurro.

—Estoy aquí.

—Ya te veo —masculló la francesa mientras volvía hacia el narrador, quien la tocaba y la besaba con una combinación de ansiedad y agotamiento como para colocar una barrera protectora entre él y él mismo—. A propósito, nene, después que te fuiste vino a buscarte una muchacha preciosa —sonrió un poco *Hiroshima mon amour* y le echó los brazos al cuello.

—No me digas —Emilio, de regreso a lo que él tímidamente llamaba «la vida», sonrió también sin dejar de acariciar unos senos muy duros por encima de la sábana—, ¿y? ¿qué pasó? No me digas que no estuvieron tomando, porque hasta el sueño te huele a… —siguió un suspiro aparatoso de *clown*—. Y tenía que ser yo quien se perdiera esa fiesta… ¿Sabes una cosa? Me siento hombre burlado.

—Pues sí nene, nos reímos muchísimo de ti. Eres hombre burlado. ¿Qué puedes hacer?

Pienso en la gente que de pronto desaparece. No a la sombra de las dictaduras militares, las guerras, las cárceles o los manicomios, donde los perdidos, ya sean rebeldes, desertores o prisioneros, tienen motivos claros, evidentes, para no estar. Unos son abrazados por la muerte y otros por un infierno terrenal donde se aprende a desear la muerte desprovista ya de toda frivolidad. Otros huyen, tienen accidentes, qué decir, se mueven en el espacio de lo inadmisible y tal es su coartada. No me refiero a ésos, sino a los otros, ignorados, creo, por la ONU y demás. Los protagonistas de las desapariciones adultas, singulares, sin razón en apariencia. La anciana que llevó al perrito a pasear al parque, a dos cuadras de su casa, y no regresó nunca. Nadie la vio, nadie sabe nada. Ni los vecinos, ni la policía, ni en los hospitales ni en la morgue. Los periódicos, ocupados en cuestiones más importantes, hablan del caso en un mínimo rincón de la penúltima página, donde también va impresa una foto algo movida en la cual la señora semeja una suerte de momia quechua o una figura del Museo de Cera en plena noche tenebrosa y uno se pregunta si no estará mejor dondequiera que se encuentre. Nadie se presenta con informes dignos de crédito o no. Cero indicios. No hay sospechas. El caso, materializado en papeles, se traslada por fin a los archivos, donde luego, ante la mirada triste de José K. (o de Anthony Perkins, que viene siendo lo mismo), se esfuma en la noche el procedimiento. La familia no puede aceptar tan insultante ruptura con lo habitual, con la ilusión de todos los días, suegra entrometida o dulce abuelita. Transcurre el tiempo con su poder destructor para que ellos asuman la broma: han sido mistificados por un demonio risueño, ya que la anciana nunca existió. *Requiescat in pace*, mil novecientos noventa y tantos.

La gente se pierde entre la gente de la ciudad, dentro de los ómnibus y carros que ruedan por avenidas populosas, en cines y callejuelas, en el bosque de La Habana con sus madrugadas húmedas y trituradoras. Junto a la desembocadura de un Almendares donde no flotan todos los cadáveres que debieran, cerca del puente de hierro, hay un promontorio chico, no sé si artificial, y allí una cupulilla muy interesante, entre griega, bizantina y simulacro, como ruina de alguna cultura antiquísima, desaparecida también por lo telúrico en el fuego de las mutaciones que Fabián desistió de traducir. Desde la orilla la discontinuidad de luces impone sus franjas al agua oscura que adormece lunas y también ínsulas de cambiante petróleo, sin contar los detritus, por supuesto. Una fantasía ribereña y no por sucia inferior al Magritte de cualquier libro sobre arte fantástico, el lugar idóneo para pensar en lo que estoy pensando.

Me gustan las desapariciones, sobre todo si son apacibles, ajenas al escándalo que suelen provocar, a las reyertas familiares con la consiguiente distribución de culpas. Creo que tengo vocación de perdido. Me fascina la idea de disolverme así. Viajar a otro mundo de cosas sin despedidas ni rastros. Dejar un espacio en suspenso, un enigma. Para lograrlo, sin embargo, es necesaria la gracia de un talento especial, una suerte de sanción divina que no me ha tocado, pues aquí estoy, cada día más aburrido de mí mismo.

Fabián, en cambio, parece haber desertado de su casa y de todos los lugares donde pueda ubicarlo una imaginación mesurada. Me da envidia. Y es lo que me faltaba, ponerme a envidiar a mis personajes. ¿Por qué ese gusto, romántico y trasnochado, por la fuga? Hay lugares y personas, muchos, a los que se renuncia sin que nada obligue, sólo por romper las ligaduras. El deseo de renunciar a todos vendría a ser una ambición de opio, de totalidad. No es como el suicidio, que conduce a una certeza al precipitar un epitafio legible, al marcar el límite de las memorias póstumas. En la desaparición el cuerpo se torna adivinanza. Los objetos, las escenografías del que no está pero podría estar, vibran de otra manera. En cierto sentido es una afirmación de la vida, un soplo que no se borra de golpe, sino que se difumina poco a poco.

Todas sus ropas, sus libros con escolios inquietantes, sus desórdenes, su pequeña Grecia, quedaron intactos. Hasta el cabo del cigarro que olvidó apagar, el humo, la cuchilla de afeitar cubierta de pelos y espuma, la taza donde hubo café, la huella de su cuerpo en la cama. Su olor.

Camila hizo paquetes que pronto se deshicieron (siempre le fue difícil encerrar algo) y avivó a la familia de él, los incapturables, quienes se dedicaron a buscarlo y no encontrarlo como a la dama del perrito. El pragmático equipo sugirió de inmediato el posible casi seguro enrolamiento de su anárquico muchacho sin brújula en la flota de balseros que por aquel entonces ponía proa rumbo a las costas de la Florida. «Se hizo a la mar», dictaminaron. Era el movido agosto de 1994. Tal vez pensaron que, si bien el presunto fugitivo tenía un pasaporte en regla y todas las posibilidades del mundo para entrar y salir de la patria cuando quisiera, siempre fue dado a contradecir el sentido común, a desafiar los peligros, a comportarse, en fin, como un sujeto ilegal y muy violento. Quizás hasta había desviado una lancha a punta de pistola en compañía quién sabe de quién. Era capaz de eso y de mucho más. Él, que no sabía nada de política y que lo tenía todo para ser feliz en Cuba.

No volvieron a ocuparse del asunto, convencidos de que Fabián se las arreglaría *sub sole* ardiente con los vaivenes del estrecho y los tiburones y todo eso que cuentan de la accidentada ruta en dirección al Norte. Más tarde también sabría qué hacer con los gánsters y las drogas de allá enfrente —ninguno de los incapturables había puesto jamás un pie en los Estados Unidos y se imaginaban un país bárbaro y temible, cuyos habitantes eran casi todos narcotraficantes, pistoleros y antropófagos—, porque el intrépido navegante, el nuevo peregrino del *Mayflower*, huérfano, el pobre, pero ellos lo conocían bien, no era gente de trabajo. De ninguna manera se parecía a esos inmigrantes industriosos que, como diría John Updike, se dedican honestamente a engrandecer a Norteamérica. Y si no se las arreglaba, allá él.

No eran los incapturables, ya lo dije una vez, malas personas. Todo lo contrario. Después de mantener durante años al manganzón y a su mujer, se portaron todavía bien al permitir a Camila que siguiera viviendo en el apartamento hasta tanto algún cliente extranjero no quisiera habitarlo previo pago de un montón de dólares.

En la cupulilla del río, que la sacerdotisa solía contemplar de pie, fundida con la fantasía Magritte, asomaban por las noches los rostros lejanos de todos sus espectros.

El enano, la sirena de trapo, el Dr. Schilling, la negra, Wolfy, Guido, Flavio Josefo, Luciano, el vasco, los neutros, el tartamudo, el osito de peluche, el Centro del Centro, la vieja dama indigna, el Troncho, los autores y algo parecido al perfil sensual del hombre de la medalla. Allí, entre tanta gente, parecían asistirla repentinos golpes de clarividencia, referidos tanto al pasado como al futuro, semejante a los que preceden los ataques de la Enfermedad Sagrada o fabrican algunos psicofármacos. En ocasiones lograba entrever una historia ajena por completo a los balseros, más bien próxima a la antigua ley espartana. Quizás prevista desde el inicio, donde la metamorfosis y la condena del Zaratustra no resultaban incidentes aislados, sino parte de una cadena de sucesos, de una inconcebible fabulación urdida por el mismo Fabián. Su virtual descubrimiento desde el escolio hasta el río tal vez estaba incluido en el mismo plan. En esos momentos cada conversación, cada gesto, cada movimiento del pasado lejano y reciente eran advertidos por la sacerdotisa con extrema nitidez, favorecida por una como fluorescencias que brotaban del agua alrededor de la cupulilla. Incapaz de explicarlo, sentía también el aspecto florentino de Fabián como una de las claves de su extraña conducta.

Se peló muy corto (lucía ahora mucho mejor) y empezó a fumar. Nada de nostalgia ni curiosidad por el destino de un amante tan déspota como inadecuado, consecuencia también de su propia inclinación a la soledad y lo sombrío. No es que le fuera indiferente. La desaparición de Fabián le parecía elegante, de buen gusto, aristocrática. Lo atractivo, como sucede en ocasiones con la locura, era la carencia de todo signo manifiesto. Nada más que un aura, una latencia en el umbral de la razón.

Y cuántos fantasmas bailaban ahora sobre el puente de hierro, donde coexistían con las bicicletas, las personas vivas de las bicicletas y los otros transeúntes. Tantos, que Camila, loca, dio en buscar entre ellos, una vez más, a Emilio U.

www.ingramcontent.com/pod-product-compliance
Lightning Source LLC
Chambersburg PA
CBHW022351020726
47500CB00002B/219